パーティを追い出されましたが むしろ好都合です！1

八神凪

Nagi Yagami

JN089733

RB

レジーナ文庫

登場人物紹介
レイド
大剣の使い手である勇者。妹にどこか似ているルーナを放っておけない。
ルーナ
補助魔法を使う冒険者。お金に目がないが、実は父親に送金するため。
シルバ
ルーナに森で助けられた子狼。やんちゃな男の子。
シロップ
ルーナに森で助けられた子狼。甘えん坊の女の子。

アントン
パーティのリーダー。
女たらしの勇者。
ディーザ
攻撃魔法を担当。
父親が権力者で
お嬢様気質。
フレーレ
回復・攻撃魔法を担当。
変なあだ名を
つけるのが得意。
フィオナ
負けん気の強い女剣士。
口は悪いが一途な性格。
レジナ
ルーナに森で
助けられた狼。
シルバ・シロップの母親。

目次

パーティを追い出されましたがむしろ好都合です！ 1

第一章

「あんた役に立っていないし、そろそろパーティから抜けてほしいんだけど？　いえ、むしろ抜けて？」

赤いウェーブのかかった髪をバサっ！　っと翻《ひるがえ》しながら、魔法使いのディーザが私に言う。

それに追従して別の女の子からも声があがった。

「そ、そうですよ！　攻撃魔法も回復魔法も使えないのに勇者パーティにいるなんておこがましいです！」

と、捲《まく》し立てる金髪ボブの女の子は僧正《ビショップ》のフレーレ。

「ま、補助魔法しか使えないんじゃあねえ？」

さらにおかわりで口撃《こうげき》を仕掛けてきたのは、蔑《さげす》むように見てくる戦士のフィオナだ。

役に立たなかったというのは今日の討伐クエストのことだろうか？

私はいつもどおり補助魔法をかけていたんだけど……？　後、たまに後衛のディーザとフレーレに来た攻撃を剣で守ったりしていたような気がするけど、彼女達の目には入っていなかったようね。

さて、いきなり上から目線のセリフから始まったけど、この三人に私、そして勇者であるアントンを含めた五人が、いわゆる勇者パーティと呼ばれる人材だった。

フィオナの言うとおり、補助魔法しか使えない私が勇者パーティという傍《はた》から見れば好条件のパーティに居る理由は三か月ほど前に遡《さかのぼ》る。

アントンから「レベリングのため、補助魔法を使える君にパーティに入ってほしい！」という打診があり、酒場でアルバイトをしながら冒険者をしていた私は「勇者パーティなら変な人は居ないだろうし、お金もいっぱい稼げるからいいかも！」と承諾したのだが、これが間違いだった。

蓋を開けてみると、当の勇者はエロ魔人、三人娘は勇者にデレデレで、すでに全員アントンと体の関係もあるという。

こっちはそんな話などまったく聞きたくないのだが、勝手に話してくるのは本当に辛い……

さらにアントンは私のことを「見た目」で気に入っているらしく、ことあるごとに二人きりになろうとしたり、デートに誘ってくるのだ。

アントンの見た目は、まあイケメンかな？　とは思うが、正体（エロ魔人）を知っている身としては吐きそうなくらい嫌いな人種である。

しかし、三人娘はアントンにべた惚れ。そしてモーションをかけられている私が目障《めざわ》りになったのだと思う。

――でもこれはチャンスだ、パーティに入る時に六か月契約をしていたので、後三か月は我慢しなければならなかったところにこの追放話……！

契約期間終了前にこのパーティから離れられる!!

「ええっと……それはアントンさんも承知しているということでいいですか？」

私は笑顔になりそうになるのをこらえて、真顔でディーザに問う。ここで失敗するわけにはいかないのだ。

「そうよ、アントンはもうお荷物を庇《かば》うのは嫌だって言っていたわよ？　だから諦めなさい」

「で、ですです！　アントンだけ戦わせて自分は安全なところにいるなんて許せない！　あわわ……って言ってました！」

嘘が下手だなーフレーレは。恐らくこの件はアントンに内緒で進めているに違いなく、彼を後からやり込める気でいるのだろう。なんだかんだであの男は女の子に甘いからね。

　さて、それはともかくこれで言質《げんち》は取れた。私は一旦深呼吸をして三人娘に必要事項を告げる。

「では、今すぐにでも出ていけばいいですか？　荷物はまとめてあるのでいつでも大丈夫です。あ、それと契約書ですが、ここに契約終了のサインをお願いしますね。本パーティの皆さんなら誰でも大丈夫です。それと、お金は……山分けしているので大丈夫ですよね？　道具類はどうしますか？　ほしいものがあれば持っていってもらって構いませんよ？　装備類は元々私のものですからこれは渡せません。他になにかありますか？」

　一気に捲《まく》し立てるとフィオナが引きつった顔で大声をあげる。

「う、うるせぇ！　もうお前には用はない！　サ、サインは……ここか!?　ほら！　これで契約終了だ！　とっとと出ていけ!!」

「ちょ、ちょっとフィオナ……ハイポーションくらいはもらっておきなさいよ！」

　ディーザが慌てて激高しているフィオナを止めるが、癇癪《かんしゃく》を起した彼女を止められるもの（主に力で）は誰も居ない。

「うるさい、うるさい！　アントンはアタシのだ！　誰にもやらねぇんだ！」

「な、なにを言ってるんですか!?　抜け駆けはしないって言ったじゃありませんか！」

「ちょっとフィオナとは話をする必要がありそうね……」

なんだか修羅場が始まったので、私は早いところ部屋から脱出することにした。

「ハイポーション、ここに置いておきますね――……今までお世話しました！　それじゃあ！」

一本金貨一枚はするハイポーションを四本置いて、私はパーティとして借りていた宿〝ダンデライオン〟を後にした。

ハイポーションを置いていくのは少々痛い出費だけど、これで！　ついに！　あの吐きそうなパーティから抜けることができたのだった!!


で、勇者パーティから追放された私はその足でいつもお世話になっているバイト先のおかみさんのところへ行き、一晩、部屋を間借りさせてもらった。

お金のない冒険者を格安で泊めさせてくれる部屋があり、たまたま空いていたのは僥倖《ぎょうこう》だった。

「そんなことならお安いご用さ、ルーナちゃんにはいつも手伝ってもらっているからね！」

と、おかみさんは笑顔で了承。旦那さんであるマスターは寡黙だが、微笑みながら頷いてくれたのだった。

しかもバイトをしているから宿代は免除してくれるそうで、お金がほしい私には渡りに船……真面目に働いていて良かった……

そして翌日、私はギルドへと足を運んでいた。なぜならパーティの契約終了を冒険者ギルドへ報告しなければならないからである。

基本的に私達のような冒険者稼業は、パーティを組んでいれば危険も少ないのだけど、私のように田舎から出てきたばかりだったり、さらに友達や知り合いがいない等の理由でやむなくソロ活動をしている人はどうしても怪我が多くなる。それに実入りのいい魔物討伐は一人で倒すのは難しいので依頼をこなしにくい。

そこでそんな人達のためにと、ギルドはある救済措置を作った。

それが私も使っていた「一時加入システム」で、名簿に名前と年齢、特技を書いておき、他のパーティがそれを見て必要な人材と判断すれば、お声がかかるのである。

契約期間は最短で一か月。後は三か月から六か月までがあり、パーティとしてやっていけると判断された場合は、本契約を打診され、晴れてきちんとしたパーティの一員になる、というボッチにはとてもありがたいシステムなのだ。……ちなみに私はボッチじゃないですよー（棒）……うう……見栄を張りました……

こほん。ちなみに報酬は山分けが義務づけられていて、魔物の素材などを売ったらその場で均等に手渡されるので不正も起こりにくく、雇う側もほしいスキルを持った人を名簿から手軽に探せるのでこのシステムは大いに喜ばれている。

まあ不備があるとすれば、私のいた勇者パーティみたいにモラルが欠けていたとしても、入るまで見抜けないとか、あまり稼げないパーティに加入してしまうことがあるくらいですかね……。あ、仲介料も取られますよ？

今回の私みたいに『雇われた側』の不備がある場合と『雇った側』の不備があり、それが正当な理由だった場合は契約破棄は許されているので、どうしても合わない場合は申告により離脱が可能……おっと、いろいろ考えている内にギルドへ到着しましたか。

ではでは早速……

「こんにちはー」

「いらっしゃい。お、ルーナちゃんか。どうしたんだい、こんな時間に？」

カウンターから声をかけてきたのはサブギルドマスターのイルズさんだ。彼が私を見て不思議そうに聞いてきた。

それもそのはずで、通常の冒険者は朝から依頼をこなしてお金を稼ぐのが一般的だからだ。

「いやー……はは……勇者パーティをクビになりましてー……契約破棄の手続きを、と……」

周りには聞こえないよう、ひそひそとイルズさんへことのあらましの説明をしながら契約書を差し出し、手続きに入る。難しい顔をしていたがすぐに受理してくれた。

「はい、これで契約終了だよ。なるほどなぁ……そりゃルーナちゃん災難だったなぁ……。そういうことなら勇者パーティは男性優先で案内することにしようかな。情報をありがとう。それじゃあ名簿は更新しておくから、別のパーティからお呼びがかかったら連絡するよ。今後はどこで寝泊まりするんだい？」

「酒場のおかみさんのところでバイトしながら少し考えます……勇者パーティと顔を合わせたくないので、町を出るのもいいかなと思っています」

「ああ、〝山の宴〟だね。そうかい、ルーナちゃんの補助魔法は一級品だから……ウチとしても居てほしいけど。しかしあいつらどこを見て役立たずだなんて……」

イルズさんがぶつぶつと愚痴《ぐち》を言い始めたので、私はお礼を言ってギルドを後にした。

一応、昨日までは高ランクの魔物を退治していたから今はそれなりにお金はあるけど、この程度のお金じゃ心もとない……他にパーティメンバーを探してみようかな？

◆
◇
◆

「ふあ……昨日は酒を飲みすぎたか……まだ眠いな……今日はまた北の森でデッドリーベアを倒すんだっけか？」

昨日の騒動など露《つゆ》ほども知らない、勇者のアントンが朝食の場に現れた。

ちなみにアントン達が泊まっている〝ダンデライオン〟という宿は、冒険者にとって少しお高い宿屋なのだが、ルーナ加入後に高レベルの魔物を倒せるようになり、収入が増えたのでふかふかベッドで寝たいという三人に促され、アントンも行為をする時にベッドが柔らかいといいかもなと、なにも考えず決めてしまった。

それはさておき、三人娘はルーナを追い出した後に喧嘩を始めてしまい、そのまま徹夜で言い争いをしていた。「アントンを自分だけのものにしたい」という欲求は全員持っているので、ちょっとした発言で喧嘩になるのだが――

「そうね……でも今日はやめにしない……？」

「アタシも賛成ー……」

「わたしもです……今日はお休みしたいです……」

その結果がこれである。ルーナが居た頃は『まあまあ』と仲裁に入ることがあったが、ストッパーが居なくなればいつまでも終わらないのでこのとおり。それを見てアントンは呆れたように言う。

「そういうわけにはいかねぇだろ、飯のタネなんだからよ……あれ？　ルーナはどうしたんだ？　へへ、まだ寝ているとは仕方ないやつだな」

食パンにバターをつけながら、ルーナの部屋へ行く口実ができたとほくそ笑むアントン。だが、次に発した三人娘の言葉に愕然《がくぜん》となる。

「あー……あの子なら昨日の夜、役立たずだって言ったら泣いて出ていっちゃったわ♪これで取り分が増えるから今日くらいはいいじゃない」

本当は笑顔だったが、泣いて出ていったと言ったほうがルーナより格上になった気がするのでディーザは嘘をついた。一緒に居た二人もそれは同様のようで、特に言及《げんきゅう》はしなかった。

「け、契約書は？　契約書にサインしないとパーティから離脱できないだろう？」

「ああ、アタシがやっておいた。本パーティの人間なら誰でもいいみたいだったからサラっとサインしておいたよ！　ははは！」

「せいせいしましたね！　なにもできないのに報酬は山分けだなんて許せないですもの」

あっさりとしたフィオナに、頬を膨らませるフレーレを見て、アントンはあちゃーと手で顔を覆う。

この三人が自分にベタ惚れなことは承知していた。ハーレムみたいで悪くないと、ギルドで自慢をするくらいに。

そして三か月前、ルーナに出会ったのだが、アントンの好みにドストライクだったのである。

長い絹のような黒髪に少しツリ目がちの目をしていて、それなりに膨らんでいる胸。見た瞬間に『ほしい』と本能が告げていた。

その後、一時加入名簿を調べ、ギルド職員を捕まえていろいろ聞くなどの努力の末、ようやくパーティに引き入れたのだ。

だがルーナはここに居る三人とは違い、まるで自分になびく素振りがなく、うまく躱《かわ》されていた。

それから三か月が経ち、アントンは焦りが出てきた。夜這いでもするかと考えていたところにこの追放騒ぎである。がっかりするのも無理はない。引き入れる際はギルドに仲介料も払っているのだから二重の痛手だった。

「(こいつらがここまでするとは思わなかったな……早く手を出しておくべきだったな。

残念だが仕方ない……戦力としては期待できなかったし……まあこの町に居るならまだチャンスはある、か？　それにしても勝手なことをしてくれたぜ）」

アントンはルーナを戦力としては期待せず、快楽を得るために勧誘しただけだった。補助魔法など大したことはない、とタカをくくっていた。

しかしアントン達の羽振りが良くなったのはルーナが加入してからなのだ。

ルーナの補助魔法のおかげで一ランク、さらには二ランク上の魔物を倒せるようになっていたが、それを自分達の実力と勘違いしてしまっており、今から倒しに行くというデッドリーベアも少し前に瞬殺したので軽く考えている。

「いいから朝飯食ったら行くぞ。分け前が増えるならさっさとデッドリーベアを倒して今日は酒場にでも行こうぜ」

ルーナが抜けたことに少し機嫌が悪くなったアントンが強い口調で三人に依頼の決行を促す。

アントンに嫌われたくない徹夜明けの三人は、仕方なく返事をするのであった。

契約破棄を報告してギルドを後にした私は、〝山の宴〟に戻ってランチの手伝いをしていた。

◆　◇　◆

パーティ離脱の時、そのまま依頼を受けても良かったんだけど、なんとなく今すぐ冒険者稼業をやる気にはならなかったのである。

それにおかみさんのところに厄介になった今は宿代がかからないため、今日くらいは依頼をしなくても問題ない……

目指せ貯金！　目指せ一攫千金！　……はあ……お金がほしいなあ……

こほん……さて、この山の宴、夜は酒場、昼は定食屋として営業しており、稼ぎの少ない冒険者でも満足できる人気のお店なのだ。

人気すぎてピーク時は配膳が回らないので、そんな時は補助魔法の《ムーブアシスト》を使い、自身の速度を上げて対応していたりする。おかみさんにかけた時は壁にぶつかってめちゃくちゃ叱られたけど……

そしてついたあだ名が『高速のウェイトレス』うん……嬉しくないんですけど⁉

本業は冒険者ですからね！　ウェイトレスじゃありませんよ！

ん、こほん……取り乱しました。

そんなこんなでピークも終わり、空いたテーブルを拭いていると、いつも夜に来る常連さんが入ってきた。

「こんにちはレイドさん！　いつもの席、空いてますよ！」

「ん、ルーナちゃんか。いつも元気だね、それじゃお邪魔するよ」

少しくすんだ金髪に、無精ひげを生やしたこの人はソロで活動する冒険者のレイドさん。

いつもは夜にビールとからあげを食べてフラリと帰っていくのだけど……

「この時間は珍しいですね、お昼に来るのは初めて見たかも」

「ああ、ちょっと徹夜で魔物退治をしていてね。さっき戻ってきたところなんだ。ビールとからあげをもらえるかな？」

「はーい！　ビールとからあげ、注文いただきましたー」

いつものセットを注文されたので、旦那さんへオーダーを通しているとおかみさんから声がかかる。

「お客さんが減ってきたから、今の内にルーナちゃんもお昼にしな。なんでも好きなものを食べていいからね」

「いいんですか？　ではお言葉に甘えて生姜焼き定食を！　あ、レイドさんにビールとからあげ持っていきますね」

私はレイドさんのテーブルに注文の品を持っていきながら話しかける。

「お待ちどおさまでした！　ビールとからあげになりますー！　で、私もお昼休憩になったんですけど、隣いいですか？」

「はは、俺みたいなおっさんの横でいいのかい？　面白くないと思うけど。ほら、ルーナちゃんのパーティの勇者とかのほうがいいんじゃないか？　なんでもデッドリーベアを倒したらしいじゃないか？」

「おっさんって……レイドさん三十歳って言ってませんでしたっけ？　というか私、あのパーティとは契約解除したのでもうなにも関係ありません！　それにデッドリーベアも本当は戦いたくなかったんですよ？　案の定すごく疲れたし。もうあのエロ勇者の話なんてしたくないですよ！」

思わぬところから蒸し返され、つい語気が強くなってしまったが、レイドさんに「はは、すまなかったね」とやんわり宥《なだ》められてしまった。大人だなあ。

「まあ、なにがあったかは知らないけどパーティは合う合わないがあるからね。ルーナ

ちゃんにはまたいいところがみつかるさ、焦ることはないよ……ん、やっぱりここのからあげは美味いな。もも肉だよな、からあげは。胸肉のからあげはダメなんだよ……」

からあげに舌鼓《したつづみ》を打つレイドさんを見ていると、私の生姜焼き定食が到着した。

うーん、この刻み生姜に少量のにんにくが食欲をそそるわ……モグモグと生姜焼きを食べながら、私はレイドさんに気になっていたことを聞いてみる。

「レイドさんってどうしてソロなんですか？」

するとビールを飲むのをやめて、なにやら難しい顔になってしまった。

あれ？　悪いこと聞いちゃったかな……まさか、ボッチ……

「いや、まあ、なんだ。俺みたいなおっさんとパーティを組んでくれるやつなんて居ないんだよ。ほら、俺より強いやつなんていっぱいいるしさ……それより、ルーナちゃんはなんでこの町に来たんだい？　女の子の冒険者は珍しくないけど、親御さんとか反対しなかったのかい？」

強引に話を変えられたが、なにか言いたくない事情があるのかもしれない。ここはレイドさんの話に乗っておくのがいいかな。

「ええっとですね、父が病気で……」

「そう、なんだ……容体は大丈夫なのかい？」

「あ、はい。ヘルニアなので命に関わるとかそういったものではないので……」

ずっこけるレイドさんだが、無理もない。言った私も恥ずかしい。

「父は木こりと狩人をしてお金を稼いでいたんですけど、私が補助魔法を使えるので、朝出かける前に魔法をかけて送り出していたんです。でもある朝、私が寝坊してしまった時に、補助魔法がかかっていないのに無理をしたらしくて、コキャっと……」

「コキャっと……」

「ええ、コキャっと腰をやっちゃったんです」

「失礼だけどお母さんは？」

「母は私が小さい時に……」

「そうか……」

「浮気して蒸発したんです」

レイドさんはまたずっこける。すみませんホント……

「そ、そうなんだ、なんか悪いこと聞いちゃったかな」

「い、いえこちらこそすみません……で、でもやっぱりレイドさん強そうだし、ソロはもったいないですよ！　パーティならほら、私が組みますよー！　な、なんちゃって……」

気恥ずかしくなったので話題を変えようとしたが、チョイスをミスった。それに気づいた時にはもう遅く、レイドさんは少し困った顔をした後、喋らなくなってしまった。

私も喋るタイミングを逃し、もくもくと生姜焼きを食べていると、ビールとからあげを平らげたレイドさんが店を出ていく。

気を使ってくれたのか席を立った時に「またね」と言ってくれたけど……

「……気にするな、ルーナのせいじゃない……。あいつは『元』勇者だったんだが、魔王討伐に失敗してな。その時パーティメンバーが全員死亡。それからあんな風になっちまったらしい」

私が入り口を見ているとマスターが話しかけてきた。

「レイドさん、勇者だったんですね……」

この国の子供は五歳になると、王都で〈恩恵〉の確認をする義務がある。

〈恩恵〉は誰でも授かるものだが、その恩恵は人によって違い、私は補助魔法の恩恵を授かった。

そもそも、補助魔法や回復魔法、攻撃魔法は訓練すれば誰でも使えるんだけど、恩恵を受けた場合はその能力を十全に使えるようになり、効果が数十倍に跳ね上がるため、みんなその長所を伸ばすことになる。

ちなみに私の補助魔法もそのおかげで、力が増す《ストレングスアップ》や速度を上げる《ムーブアシスト》など、普通の人が使うよりも格段に性能が高い。だからこそ、低レベルのアントン達のパーティでもデッドリーベアが倒せたりしたのだ。

正直、それでもあの四人はそれほど強くなかったから結構苦労したわね……事前に実力を知っていたらパーティに入らなかったんだけどなあ。勇者だってことで舞い上がっていた、反省。

で、〈恩恵〉の中に『勇者』があり、これを授かると経験の蓄積量が普通の人よりも多くなる。

簡単に言うと「なにをやってもスペシャリストになれる」というある意味、夢のような能力と言える。

商人のようにお金を稼ぐこともできるし、魔法も攻撃魔法の恩恵を受けた人と同じくらい強力になるらしい。ただし、各恩恵を受けた人よりはスペシャリストになるまでには時間がかかる。

しかし、この勇者。ひとつだけ、だけど究極の欠点があり、それが「魔王討伐の義務」である。

今のところ、魔王がどこかの国を滅ぼした、という話は聞かないが、過去には人間を皆殺しにしようとする魔王も居たそうなので油断ができない。

ちなみに国が勇者を管理しているという話もあるようだ。なぜなら〈恩恵〉を授かった時に、バレますからね……。

そして勇者は一人ではなく、何人か存在するそうで、アントンとレイドさんが同時に勇者であっても不思議ではないのだ。

複数存在する理由は謎に包まれているが、一説によると神様が力を合わせて倒せるように力を授けているといわれている。

スペシャリストになれるからって言っても、魔王討伐が義務づけられているならなんだか呪いにしか見えないよね？

――しかしレイドさんがまさか勇者だったとは……それもアントンと違い、ソロで魔物を討伐できる実力派……これはぜひパーティを組みたい。そうなると二人で報酬を山分け……えへへ……。

私がそんな皮算用を考えながらフロアへ戻ると、お客さん達の声が聞こえてきた。

「アントン達のパーティ、デッドリーベアの依頼をギルドから断られたらしいぜ？」

「ああ、聞いた聞いた。一回まぐれで倒せただけなのになにを勘違いしているんだって話だよな」

ああ、そういえば今日はデッドリーベアをもう一回倒そうということになっていたっけ。

でもどうやらイルズさんが私抜きでは無理であると判断して却下したようだ。私の補助魔法の効果を知っているからね、あの人。だから前回は渋々許可してくれたんだけど……

ま、彼らはこれで収入が減るだろうから、私としては追放されたお返しにはなるかな、と考えていた。

しかし、彼らはこの日、とんでもないことをしでかす。それが発覚した時にはすでに手遅れになっており……

◆◇◆

話は少し遡《さかのぼ》り、アントン達は朝食後、ギルドへ来ていた。

いつもどおり依頼を確認して受付で受理してもらうだけだが、この日はいつもと違っていた。

デッドリーベアの討伐依頼を受けに来たアントン達だが、受付に居たイルズが受理しなかったからである。

「今の君達にはこの依頼は厳しい。だから受理しかねるな。他の依頼を探してくれ」

イルズはそれだけ告げると次のお客さんが居ないのを確認し、新聞を読み始めた。

馬鹿にされたと感じたアントンは苛立たしげにイルズに食ってかかる。

「おい、依頼を受理できないってのはどういうことだ？　この前倒してきたんだから、厳しいってことはないはずだ」

イルズは「ふう」とため息をついて新聞を畳み、再度アントンに言い聞かせるように説明を始めた。

「いいか？　デッドリーベアの討伐はパーティレベルが少なくとも75は必要だ。依頼書にも書いているだろう？　今のお前達のパーティレベルはいくつだ？　ああ、いい。どうせギルドカードを見ていないだろうから教えてやるが、42だ。これで討伐なんて自殺しに行くようなものだ。そしてそれをわかっていて受理し、なにかあった場合、俺も処罰される。だから許可できない。わかったか？」

なるべくやんわり、苛立たしさを表に出さないようにイルズはひとつひとつ『なぜ？』をアントンへ伝える。

気圧《けお》されたアントンを助けようと、ここでフィオナが横から口を挟む。

「なら、なんで前回は許可してくれたんだよ、なにが違うってんだ？」

「ふむ、俺は今朝、ルーナちゃんの契約解除の書類を片づけたんだが、あれは幻だったのか？　ルーナちゃんがパーティから抜けたんだからパーティレベルが下がるのは当たり前だろう？　ルーナちゃんが居た頃は76で、ギリギリ条件をクリアしていたから許可したんだ。さらに言えば、先週お前達が倒してきた〝マンティスブリンガー〟あれも討伐レベルが60必要だからな？」

イルズが食ってかかるフィオナにも冷静に事実を突き付けて怯ませる。

「で、でもでも、ルーナはわたし達の中でも一番レベルが低かったはずですよ、なのになんで……」

「そうよ、あの子一人で34も上がるわけがないわ！」

フレーレが焦り、ディーザは明らかに怒っている口調でイルズへ問いかける。

すると、イルズは腕組みをしながら四人を見て言った。

「なるほど、お前達は『パーティ』についてなにも知らないんだな？　いいか——」

イルズの説明はこうだった。

パーティを組むとパーティレベルがギルドカードに記載される。

これは各人の能力・装備などを総合的に考慮したものが表示され、このレベル内の魔物であれば「協力」すれば勝てるハズ、という目安になっているのだ。

ルーナが加入した時に高くなった理由は『補助魔法』の性能が、群を抜いていたからにほかならない。

アントンは現在、器用貧乏な成長をしているため、総合評価的に低かったりするが、フィオナ・ディーザ・フレーレはそれぞれ剣・属性魔法・回復魔法（プラス弱い攻撃魔法）を鍛えているためなんとか四人で42という数字が出ている。

ちなみにルーナの補助魔法がなぜ優秀なのか？

魔法というのは使えば使うほど習熟度が上がり、より強力になるのが基本なのだが、攻撃魔法は標的がいないと上げにくく、回復魔法も怪我人を治療することで習熟度が上がるので、一般的に難しい。一方、補助魔法は自分にかけてもいいし、他人にかけてもいいという魔法なので、魔力さえあればいくらでも鍛えることができるのだ。

五歳の時に補助魔法の恩恵を授かったルーナは、毎朝父親に、学校で友達に、遅刻しそうな時の自分に、畑を耕すお供（牛）などにと、遊び半分で使いまくっていた。おかげで高レベルの補助魔法まで使えるようになってしまい、そのためアントン達のパーティがレベルが引き上げられていたというわけだ。

依頼書にはソロ討伐レベルも記載されており、いけるかどうかはギルド職員と応相談なので、ソロは不利にできていたりする。デッドリーベアであれば90以上はほしいところ。回復ポーションは忘れずに。

「話はわかったか？　今のお前達は〝エルダーフロッグ〟くらいがちょうどいいだろうな。どうだ、受けるか？」

一気に説明され、目を白黒させていた四人だったが、他のギルド職員や、冒険者が失笑しているのを見て『実力不足』というレッテルを貼られたということを理解した。

これ以上イルズと話しても仕方がないと判断し、渋々エルダーフロッグの依頼を受けるアントン。

「……わかったよ、とりあえずそれでいい」

睨みつけてくるアントンを見てやれやれと肩を竦め、イルズは依頼書に『受理』のスタンプを押したのだった。

「さて、バイトも終わったしギルドでメンバー探しをしよっと……」

◆
◇
◆

私は忙しさのピークを過ぎた山の宴を出て、再びギルドへとやってきた。目的はもちろんパーティを組んでくれる人を探すこと！　お金を稼ぐなら魔物討伐が一番なんだけど、私一人だと採集や釣りといった収入が少ない依頼しかこなせない。それだとバイト代とそれほど変わらないので、冒険者になった意味がないのだ。

「あれ、また来たのかい？」

「えへへ……パーティメンバーを探しに来まして……」

私がそう言うと、イルズさんが苦笑しながら奥を指さす。そこにはイスとテーブルが用意されており、昼を過ぎると依頼を終わらせた冒険者が、依頼の話や魔物のこと、はたまた自慢話などをするため、よく集まっている。今なら声をかけるチャンスというわけなのだ。

「あのお、補助魔法とか興味ありませんか？」

「うわ、びっくりした⁉　ああ、あんた確かアントンのパーティの……」

私はにこっと笑いかけると、その場にいた冒険者に自分を売り込み始めるのだった。

せめて中級の魔物を倒せるパーティを……お金になるパーティを……！

◆ ◇ ◆

「くたばりやがれぇ!!」

ゲロッゲー!?

アントンの突きが見事に脳天へヒットし、一匹が息絶える。

「はあ！」

「今ね！《バーンニードル》！」

ゲッコゲコー……

ディーザの炎の魔法が二匹目のエルダーフロッグを串刺しにして、大きなカエルの魔物は絶命した。

「あ、フィオナ。ちょっと怪我してるみたいですね。《ヒール》」

依頼された二匹の討伐を終え、解体作業に入る四人。

「エルダーフロッグはもも肉とどこが売れるんだっけ？」

　フィオナが解体の手を止めずにアントンへ聞く。

「確か舌がなんかの素材になるらしいから持っていこうぜ。他に使えるもんはねぇから埋めるか」

「そ、それにしてもルーナが居ないだけでパーティレベルがこんなに下がるなんてやっぱり信じられません……」

　フレーレがギルドでのやり取りを思い出し、困惑したように呟く。ディーザも同じくイルズの選定した依頼や討伐レベルに納得がいっておらずこんなことを言い出した。

「あの子、色んな人と仲が良かったわよね。イルズも『ルーナちゃん』なんて呼んでいたし……もしかして、あちこちで体を売ってレベルを捏造《ねつぞう》してるんじゃないかしら……」

「あ、それあるかもしれねぇな。あいつ、この町に来た時は冒険者ですらなかったんだよな。今はレベル4か5だっけ？　それで34もパーティレベルが上がるわけねぇもんな」

　フィオナがディーザに同意し、アントンがそれを聞いて憤慨する。

「チッ、ちょっとかわいいからってとんでもないやつだったってことか。良かったぜ、お前達が追い出してくれて」

　少し考えればそんなことができるはずもないと気づくのだが、四人は各々《おのおの》プライドを傷つけられたこともあり、ルーナを悪者に仕立てて結束を固めていた。しかし陰口くらいなら良かったのだが……

「そうだ、今から北の森へデッドリーベアを倒しに行こうぜ！　そしたら俺達が正しかったって証明できるだろ？」

名案とばかりにアントンが三人へ向かって笑顔で言い放つ。

「そうね、ギルドの連中を土下座させてやりましょう！」

「へへ、そうこなくっちゃな。それでこそアタシが見込んだ男だ！」

「だ、大丈夫ですか？　わたし達、徹夜で寝不足ですけど……」

フレーレだけは気乗りしないといった感じだったが、押し切られる形で北の森へ向かうことになる。

そしてこのパーティの行動が、町ひとつを巻き込む騒動の幕開けだった。

第二章

「いやあ、はは……今、ウチもいっぱいだし、余裕がないんだ。ごめんね」

「そう、ですか……ありがとうございます……」

私は最後のパーティにも断られ、とぼとぼと帰路に就く。ギルドでは最初の登録の時にいろいろな人と話して仲良くなってはいたけど、アントンのパーティに加入していたということで煙たがられてしまったようだ。なんでも高レベルの魔物を狩り羽振りが良くなってからは、嫌味を言ったり、取り巻きの女の子を自慢する言動が目立つようになったらしい。

そのため、抜けたとはいえ昨日までパーティに加入していた私もとばっちりを受けた、そういうことである。

「うぐぐ……これは予想外……前に声をかけてくれたパーティからも断られるとは……」

実を言うと、アントンのパーティに入る前、他のパーティに誘われたことがあるんだけど、その時は勇者の恩恵＝お金が稼げるという幻想に囚われ、お断りしていたのだ。

「あの時は先見の明があったと思ったんだけどね。仕方ない、今日のところは夜のバイトに専念しよう。依頼なんてする気分じゃないわ……」

バイトの時間までふて寝をする私であった……

「おかみさーん！　ワイルドバッファローのステーキ追加で！」

昼と違い、山の宴は酒場として盛り上がっている。注文からテーブルの片づけや配膳は基本的に私の仕事だった。

「お、あの子、昼間ギルドでパーティを探していた……」

「だよなあ。冒険者の稼ぎが少ないのか、よっぽど金がないのかわからねぇが、バイトまでやってるとはな」

ここにいると町の冒険者が集まってくるので、こういった噂話はよくされる。お金は大事なんだからね！　無視を決め込んでいると、その内の一人が大声で叫んだ。

「あんた、そんなに金がほしいなら一晩俺の相手をしてくれよ！　そしたらたんまり弾むぜえ」

聞こえないふり聞こえないふり……私が心を無にして料理やお酒を運んでいると、酔っぱらった冒険者は私の前に立ち、にやにやと笑いながら私の手を掴んで言う。

「ひっく、なあ聞こえてたんだろう？　どうだ、この後？」

「すみません、今お仕事中なので～」

私はできるだけ穏便に済ませようと笑顔で接したが、それがいけなかったらしい。男は私の腕をぐいっと引っ張り、声を荒らげる。

「俺の言うことが聞けねぇってのか！」

「ちょっと！　他のお客様に迷惑……痛っ⁉」

私の手を捻り上げてくる冒険者の男。痛たた……⁉　こうなったら補助魔法をかけて……と、私が魔法を使おうとしたところで、私は男の手から解放され、たたらを踏む。

すると今度は男が呻《うめ》き声をあげる。

「痛ぇ……だ、誰だ！」

「そこまでにしておけ。女の子に手をあげたのがギルドマスターに知られたらことだぞ？　店にも迷惑だ」

レイドさんだ！

いつの間にか店に入ってきたレイドさんが、酔っ払い冒険者をいなしてくれた。

「レ、レイドか……チッ……」

男はレイドさんを見ると舌打ちをし、そそくさと自分の席に戻って酒を飲み始め、それを見てレイドさんが少しだけ頷き、席を探しだしたので私は声をかけた。

「レイドさん、こっちですよー！」

「お、助かるよ」

「えへへ、こちらこそ助けてくださってありがとうございます！」

「別に大したことじゃないさ。いつもの頼むよ」

レイドさんは気にした様子もなく、頬杖をついて私にいつもの注文をする。無気力そうに見えるけど、さっきの冒険者の態度を見る限り、やはりレイドさんは強いのだろう。

「じー……」

「ど、どうしたんだい？」

「いえ……やっぱりレイドさんとパーティを組んだら稼げそうだなって……」

「は、はは……ルーナちゃんは本当にお金がほしいんだね……」

「あ、ごごめんなさい、つい本音が……た、助けてくれたお礼に今日は私が奢《おご》りますね！」

「あ、ちょっと……」

恥ずかしさを隠すため、私は大慌てでその場を離れた。うう、守銭奴だと思われたに違いない……。しばらくパーティメンバー探しは控えようかな……

◆　◇　◆

「居たぞ、デッドリーベアだ」

アントンが眼下のデッドリーベアを見て三人に声をかける。

四人はエルダーフロッグを倒した後、すぐにレンタル馬車を使って北の森へ向かった。

街道沿いに馬車を止め、三十分ほど歩き、現在に至る。

運の良いことにアントン達は少し高い位置で魔物を発見することができ、向こうはこちらに気づいていないため、奇襲するにはうってつけの状態である。

「じゃあ私が魔法で攻撃してから、アントンとフィオナが追撃する感じでいいわね？」

「アタシはそれでいいぜ。アントンと一緒に攻撃すればすぐだろ！」

「それじゃあ、わたしは動きを止めるための攻撃魔法を撃ちますね。怪我をしたらすぐヒールを使いますから！」

ディーザを起点にして二人が遊撃。

さらにフレーレが回復とちょっとした牽制攻撃を行《おこな》う形で決定し、四人が一斉に動き出す。

「《フレイムストライク》！」

ディーザの中級魔法の声が響くと、デッドリーベアの背中へ炎の塊がヒット。

突然の攻撃にベアが怯み、その隙にアントンとフィオナが斬りかかった。

「うおおおりゃぁぁぁ！」

「そら！　大人しくアタシ達の酒代になりな！」

アントンが腕、フィオナが腹へ攻撃するが、ベアの剛毛に阻まれて大きなダメージを与えることができなかった。

そこで、攻撃されたと気づいたデッドリーベアが立ち上がる。

デッドリーベアの毛は背中から腕にかけて灰色。そこからお腹へ向けて茶色の毛並みになっており、灰色部分は硬質な毛であるためダメージを与えにくい。

フィオナの攻撃は図らずも弱い部分である腹へヒットしたが、威力が足りず中途半端なダメージになってしまい、デッドリーベアは怒りを露《あら》わにして口を開く。

グオォォォォォォォ!!

両手を広げて、目の前の襲撃者達に咆哮《ほうこう》を放つデッドリーベア。

咆哮《ほうこう》は威圧硬直《バインドボイス》の効果がある。高レベルの冒険者であればただの咆哮《ほうこう》で済むところだが、アントン達のように低レベルのパーティにはとてつもない威力を発揮する。

前回はルーナの補助魔法《メンタルアップ》がかかっていたため、咆哮《ほうこう》を受けても問題なかったのだが、今回は補助魔法がない。

その結果、ディーザは青い顔で震え、アントンとフィオナは近かったこともあり完全に動きが止まってしまう。さらに後衛にいたはずのフレーレも腰を抜かしていた。

動きが鈍くなったのを見たデッドリーベアは、その剛腕をアントンへ向ける。

「うぎゃ⁉」

まだ硬直が解けていなかったアントンは直撃を受け、軽々と吹っ飛ばされる。

さらにデッドリーベアはそのままフィオナへ攻撃を仕掛ける。

アントンが吹っ飛んだことで、我に返りギリギリ剣で受け止めるも、腕力差は大きくやはり後方へ転がされた。

「あ、あわわ……ヒ、《ヒール》！　《ヒール》です‼」

フレーレの近くに転がったのが幸いし、アントンは怪我を回復するが、装備していたプレートアーマーの一部は損傷し、防具としての機能を失っていた。

「げほっげっほ……畜生があ、ビビらせやがって……おい、ディーザ‼　風魔法だ！」

「え、ええ！　わかったわ！　《ウインドカッター》で」

ディーザが風の魔法でデッドリーベアを攻撃するが、少し腕を切り裂いただけであまり効いていないのは一目瞭然。

「な、なんでよ⁉　この前は腕を切断したじゃない⁉」

今度は攻撃してきたディーザに狙いを定めて、デッドリーベアが牙を剥き襲い掛かる。

しかし間一髪で、アントンが剣で防いだ。

「あ、ありが……」

「いいから魔法を使え‼　さっさと片づけるぞ！」

「で、でもでも！　この前のやつより強すぎますよ！　に、逃げましょう⁉」

フィオナにヒールをかけているフレーレが悲鳴に近い声をあげ、目に涙を浮かべていた。

「いてて……やってくれたな！」

「あ！　フィオナさん！」

回復したフィオナが後ろから斬りかかるも、やはり灰色の毛に弾かれてまるでダメージにならない。

ディーザも《フレイムストライク》や《アクアフォール》など今使える最大の魔法を放つが、やはり分厚い剛毛に阻まれてしまう。

「どうして⁉　どうしてなのよっ‼　《フレイムストライク》、《フレイムストライク》ゥ！」

「くそ、硬ぇ！　ぐあ⁉」

「アントン！　きゃあああ！　フィオナぁ！」

デッドリーベアはディーザを庇《かば》ったアントンを吹き飛ばし、後ろから攻撃していたフィオナに顔を向けた瞬間、彼女の腕に噛みついたのだ。

「うわあああああ！　痛い！　痛いぃ！　た、助けて！」

ミシミシと骨がきしむ音が響き、フィオナの腕は血で真っ赤に染まっていく。

「こ、この、フィオナを放しやがれ!!」

アントンが剣で顔を何度も斬りつけるが、デッドリーベアはその口を放そうとはしない。

「フィオナは……も、もうダメよ！　フィオナを見捨てて逃げましょう!?」

ディーザが恐慌状態になり、言ってはならない言葉を口にする。

「う、うう……た、助けてよ……うあああああ！」

「あ、あああああ!!」

その時、闇雲に振っていたアントンの剣が偶然にもデッドリーベアの左目を切り裂いた。

流石《さすが》に目までは頑丈ではなく、縦にざっくりと傷がつき、たまらずフィオナを解放する。

「か、顔です！　顔を集中的に狙うんです！　片目ならチャンスですよ!!　ええい、《マジックアロー》！」

意外にもこの状況で動いたのはフレーレだった。フィオナに駆け寄りながら、アントンとディーザへ叫び、デッドリーベアの顔面に魔法を放つ。

「お、おう！　くらえ、くらえ、くらええええ！」

「わ、私も！　《フレイムストライク》!!」

グォォォォ!!

片目になったデッドリーベアの顔へさらに猛攻をかけるが、怒りのベアはめちゃくちゃに暴れ出す。

「がはっ!?」

「きゃあああ！　顔が！　私の顔が！」

防具のなくなったアントンが吹き飛ばされ、腕とあばら骨が折れた。ディーザは自慢の顔に爪痕を刻まれる。

しかし、少ないながらもダメージが蓄積されてきたのか、フーフーと息が荒くなってきた。するとデッドリーベアは、まだ呻《うめ》いているフィオナへ目を向ける。

アントン達の中で一番ダメージを負っているフィオナを餌《えさ》として捉えたのだ。

普段はハチミツや鹿、川魚を主食にしていたこの個体は、人間を食べたことがない。

だが、襲われた怒りと、フィオナの血の味が、人間は餌《えさ》だと認識させてしまったのだった。

「く、来るな！　来るなああ!?」

噛まれていないほうの腕で剣を振り回すがベアは怯みもしない。

いよいよフィオナに噛みつこうとデッドリーベアが口を開けた瞬間、それは起きた！

「《マジックアロー》！」

ゴガァァァァァ⁉

フレーレの放ったマジックアローが、デッドリーベアの口内へ吸い込まれるように命中した！

これにはさしものデッドリーベアも悲鳴をあげる。

その悲鳴をあげている口へ二度、三度とマジックアローを撃ち続けるフレーレ。

「この！　このぉ！」

そしてデッドリーベアは口の周りを血だらけにし、フレーレへ体当たりしつつ森の奥へ逃げていった。

体当たりを受けた反動でフレーレは木にぶつかり頭から血を流す。それでも意識を失わず、アントン達に声をかける。

「あ、あうう……い、今の内に逃げましょう……」

フラフラとした足取りでフィオナへヒールをかけ、応急処置をしたアントン達は馬車へ戻ると、ルーナが置いていったハイポーションを使いながら悪態をついていた。

「くそ！　なんだあの強さは！　異常種かなんかかよ！」

「そ、そうじゃないよ……ギルドのやつに言われたように、アタシ達じゃ無理なんだよきっと……」

「そ、そんな……そ、そうよ！　私達は寝不足で実力を発揮できなかったのよ！　次やれば……」

ディーザが慌てて取り繕うが、頭に包帯を巻いたフレーレがそれを大声で遮《さえぎ》る。

「ま、まだそんなことを言ってるんですか!!　明らかにわたし達はダメージを与えられなかったじゃないですか！　イルズさんの言うとおり、この前はルーナが居たから勝てたんですよ!!　わたし達が強くなるかルーナをパーティに戻すまで、次なんて絶対にありえません!!」

フレーレは限界とばかりに大声で泣き始めた。

それを見た三人は口をつぐみ、やがて町へ馬車を走らせるのだった。


「次はない」とフレーレは言ったが、すぐに『次』は訪れることになる。

熊というのは実は相当賢く、執着心が強い。

あの時デッドリーベアは、フィオナを餌《えさ》とみなした。それがなにを意味するのか？

脅威が、すぐそこまで来ていた。

第三章

「よーしよし、きたきたきたきたー!!　アジ！　まあまあ大きい！」

パーティを追い出されてから一週間、私はようやく冒険者稼業へと復帰することができた！

やる気がなかったのは追い出されてから二、三日だったけど、山の宴で働くもう一人の女の子のサリーが病気で休んでしまい、この一週間は一日中バイト漬けになってしまったのだった。

この度めでたくサリーが復帰したので、これを機に昼は冒険者稼業へ復帰！

一週間ぶりの冒険者稼業のため、リハビリとして簡単な依頼をと思い、選んだのが趣味と実益を兼ねた釣った魚の納品。

釣りは子供の頃から好きで、よくお父さんと川に行っていた。狙った魚を釣り上げた時の爽快感はクセになるし、その日の食費も浮く完璧な趣味なのである。

ちなみに私が今住んでいる、〝アルファの町〟は、海と繋がる湖があるんだけど、湖とは名ばかりで水質は完全に海水。海の魚がいっぱいいる。

マグロやブリなどの大きい魚は船を出さないと無理だけど、海岸沿いからでもそれなりに釣れるのよね。

「〝強固なイシダイ〟ゲット！　あ！　またひいてる……やった！　今度は〝ハラノナカマックロダイ〟だ♪」

その後、他にもアジを十匹ほど確保した私。コツは餌《えさ》に補助魔法をかけて活きを良くすること。餌《えさ》がバタバタ暴れるので食いつきが良くなるようなのだ。補助魔法万歳‼

久しぶりだったけどそれなりに釣れ、お昼が近いこともあり、少し休憩することにした。

魚の種類と数は特に指定されていない依頼のため、持っていった分が私の報酬になる。

なので、釣った一匹をお昼ご飯として、その場で刺身にすることにした。

マジックバッグに簡易テーブルや調理器具一式を入れてきているので、早速調理開始だ！

このマジックバッグは私が冒険者になる時にお父さんがくれたもので、重宝している。だけど狩人のお父さんはどこで手に入れたんだろ？

「ふんふふーん♪　内臓をとって三枚に〜♪」

母親の居ない家庭に育ったので料理は得意なのだ。山育ちだけど魚を捌《さば》くことくらいなんてことない。

「頭は味噌汁のダシにしようかな」

海岸から少し離れた砂浜で石を積み上げて簡易かまどを作り、魔法で火をおこす。

スパッと刺身にして味噌汁も作り、朝おかみさんに握ってもらったおにぎりを取り出す。

「いただきまーす♪　んー美味しい、新鮮ー」

釣ってその場ですぐ食べる、これほどの贅沢はない！

だけど……

「やっぱりパーティを組んでないとお金は貯まらないなあ」

アントン達のパーティは、実力がアレだったけど人数は居たので、それなりにお金になる魔物を狩ることができていた。

「マンティスブリンガーは山分けで一人金貨五枚……ワイルドバッファローは素材込みで金貨三枚……デッドリーベアに至っては八枚……」

勇者パーティと組んでいた時の収入を考えると憂鬱《ゆううつ》になる。金貨二枚あれば贅沢をしなければ一か月は暮らせるので、今の手持ちは余裕があるんだけど、お父さんに仕送りしないといけないから十分だとは言い難《がた》い。お父さんを病院に行かせないといけないし、のんびりとはしていられないのよね。

常に貞操の危機に瀕していたため、追い出されたことは好都合だったけど、収入が激減してしまったのは痛い。この魚を全部持っていっても銀貨四枚がいいところだろう。

「ま、まあ明日から頑張ろう……」

出来の悪い学生のような独り言を言いながら味噌汁を飲んでいると、近くの草むらからなにかが飛び出してきた。

「ひゃ⁉　な、なに！」

音のしたほうへ顔を向けると、そこにはとんでもなくガリッガリの狼と、その足元に二匹の子狼が立っていた。

子狼は今にも倒れそうにプルプルしている。恐らく味噌汁の匂いに釣られたのだと思う。

今にも飛び掛かってきそうな感じだが、魔物じゃない普通の狼なので私でも倒せる、けど……

「流石《さすが》に子供連れを殺すのはねえ……」

私は味噌汁の鍋から魚のアラを取り出して狼達の前に置く。

ふんふんと母狼が匂いを嗅いだ後、子供達に食べさせ始めた。

自分もガリッガリなのに、子供を優先するとは親の鑑《かがみ》ね。蒸発したウチの母親にも見習ってほしい。

あっという間に骨だけにされた魚のアラだが、まだ足りないのか、鳴き声かおなかの音かわからない『きゅーん』という音が聞こえてきた。

毛もボロボロだし、可哀相になったので、売らずに少し取っておいたワイルドバッファローのお肉（霜降り）を焼いてあげることにした。うう、なにかのお祝いの時に食べようと思ったのに……。

魚を食べて少し元気が出たのか、子狼が私のところへ歩いてきて頭突きをかましてくる。

早く食べさせろと言いたいのだろうか？

もう一匹は私の腕をモゴモゴと甘噛《あまが》みしてくる。子犬みたいでかわいい!!

頭突きをしてくる子を抱っこして大人しくさせると、きゅーきゅーともがいていた。

母狼をちらっと見ると寝そべってこっちを見ていたので、私を無害だと認識したのだろう。

「ほーら、霜降り焼肉ですよ～♪」

ステーキサイズの肉を半分にして二匹に与え、もう一枚を母親に持っていってあげると、ひと声「ウォン！」と鳴いてもくもくと食べ始めた。

私も残ったお刺身とステーキの切れ端をおかずにしておにぎりを食べていると、街道沿いを歩くレイドさんの姿を発見したので声をかけてみる。

「レイドさーん！　魔物退治ですかー！」

「おや、ルーナちゃん？　お、狼！　危ない‼」

私の近くに居る狼を見て剣を抜いて走ってくるレイドさん。

「だ、大丈夫です！　この子達、おなかが空いていたみたいで食べ物をあげたところなんです」

「な、なんだびっくりしたなあ。確かによく見ればガリッガリだな……」

「でしょう？　なんか可哀相になっちゃって。レイドさんはなにしていたんですか？」

「今日は近くの森で〝マンティスブリンガー〟が出たという情報があってね、調査依頼をしていたんだよ」

マンティスブリンガーがどうして町の近くの森に？　あれは北の森が生息地域のはずだけど……

「実際行ってみて驚いたよ、本当にいたんだ。森の奥のほうだったけどね。他にもやけに動物が多かった気がする。それこそ、そこにいる狼みたいな普通の動物がね。魔物についてはやっぱり北の森にしか居ない〝パイロンスネーク〟も見た」

それが本当なら、かなりやばい事態なんじゃないだろうか？

町近くの森は私が一人でも狩れる魔物が多く、初心者がよく入る。もしそんな強力な魔物が徘徊しているなら、犠牲者がいつ出てもおかしくない。

ブルリと震える私を見て気を使ってくれたのか、レイドさんは「ギルドに対策と調査を改めて進言するよ」と言うと、お刺身をひと切れ口に入れて、町へ戻っていった。

一人砂浜にポツンと残された私は、急に不安になり早く帰ろうと思って片づけを始める。

その間も子狼は甘噛《あまが》みをするわ、頭突きをしてくるわで忙しかった。その内、母狼が鼻をこすりつけるくらいの勢いで私の匂いを嗅ぎまくった後、ひと鳴きして子狼を連れてどこかへ行ってしまった。

元気になって狩りができるならいいなと思いながら見送る。

それにしても北の森の魔物が近くの森に集まっているのが気になるわね……

魔物暴走《スタンピード》が起こる予兆、とかじゃないわよね？

しかし、悪い予感は的中するもので、この後、私は山の宴でのアルバイト中に恐ろしい噂を聞くことになる。

魚釣りの依頼を終わらせて町へ戻った私は、ウェイトレスのバイトへシフトチェンジ！

ちなみに昼間に釣った魚は全部で銀貨七枚になり、少しだけ懐《ふところ》が温かくなった。

お客さんもだいぶ少なくなってきた頃、あるテーブルの二人組が深刻な顔で会話をしているのを見かける。

「北の森近くの街道で、商人の馬車がデッドリーベアに襲われたらしいぞ」

「マジか？　被害は？」

二人組の近くのテーブルを片づけていると、物騒な話が聞こえてきた。

こういうところで情報収集するのも冒険者のお仕事なので、そのまま二人のお客さんの話に耳を傾けてみると……

「幸い護衛に高レベルの冒険者がついていたから大事にはならなかったが、もう少しで富豪のお嬢さんが大怪我をするところだったらしい」

「怖いな。そもそもデッドリーベアが街道まで出てくること自体おかしい……森からそれほど出ない魔物だろう？　増えすぎるのを防ぐために討伐依頼は定期的に出るけど」

「恐ろしく興奮状態で、お嬢さんに狙いを定めていたそうだ。しかも片目が潰れていたらしい」

「なんだって？　手負いか？」

「聞いた話だとそうらしいが、実際はわからねえ。それよりもお嬢さんに狙いを定めていたということは、その個体、女が弱いと本能的にわかっているのかもしれん……」

「厄介だな……女連れのパーティが中途半端に手を出した可能性が高いな。で、倒せず逃げたか、逃がしたか……ギルドは――」

そこまで聞いた私はその場を離れ、今の話について考える。

デッドリーベアはアントン達と一緒の時に一度倒したけど、そんなに凶暴じゃなかったんだけどなあ。補助魔法をかけていたから咆哮《ほうこう》も怖くなかったし……。でも今の話を聞く限り、もしかしたらすごく怖いのかも……？

だけど北の森にしか居ないし、一人でそこへ行くこともないから出会うことはないかな。

「ルーナちゃん、五番テーブルにビールと軟骨のからあげ持っていってー」

「あ、はーい！」

◆
◇
◆

ルーナが酒場で男達の話を聞いていた同時刻、ギルドでも隻眼《せきがん》のデッドリーベアの話で持ちきりだった。

実際に隻眼《せきがん》ベアに襲われた護衛の冒険者が報告を行《おこな》い、ギルドマスターが依頼に来た冒険者達へ警戒と注意を呼びかけるようギルド職員に指示していた。

そんな中、近隣の森を調査していたレイドも、本来いない魔物を近隣の森で見かけることが多くなってきたとの話を持ってくる。

「レイド、ちょっといいか？」

「？　どうした？」

報告を終え、移動しようとしていたレイドをイルズが引き止め、話しかけた。

ちょうどその時、レイドの報告を聞いたギルドマスターが近隣の森にも注意を向けるようにと、追加で全員に注意を促し、一連の話が終わる。

冒険者達は「おいおい、マジかよ」「手負いの魔物は戦いたくねぇな」と、隻眼《せきがん》のデッドリーベアの話題を口にしながら、バラバラと解散し始めていく。

——あの日アントン達は、馬車の中でルーナが置いていったハイポーションとフレーレの中級回復魔法《シニアヒール》を駆使し、命からがら、なんとか町まで戻ることに成功。

アントンは、一旦宿に戻り依頼の報告と素材売却へ行こうと言うが、顔に傷を負ったディーザは外に出たくないとそれを拒否。フィオナは安静のためベッドで休んでいた。

エルダーフロッグの依頼完了報告と素材を売却したアントンとフレーレは、明らかに少なくなった報酬に落胆。

また、しばらく依頼が受けられなくなったため、〝ダンデライオン〟に泊まり続けられないとフレーレが進言し、次の日には安宿へ移動していた。

フィオナは怪我、ディーザは部屋に引きこもったため、夜の相手をフレーレに求めるアントンだったが、フレーレはそれを拒否した。

実はフレーレはルーナに『アントンと体の関係がある』と見栄を張ったものの、ビショップという聖職に就いているため、確実に結婚する相手としか夜を共にするつもりはなかったのである。

フレーレは酒に酔っていたアントンに無理矢理押し倒されたが、間一髪手元にあったメイスで彼を殴って気絶させ、ことなきを得ていた。

「ルーナに謝らないといけないですね……」

彼女をないがしろにした罰が当たったのだと、フレーレは部屋の隅で泣いていた。

そしてアントン達がデッドリーベアと交戦した日から一週間が過ぎ、ギルドマスターの注意を、ちょうど依頼を受けに来たアントン達も聞いていた。すると青ざめた顔でフィオナがアントンに尋ねる。

「……な、なあアントン、隻眼《せきがん》のデッドリーベアってまさか……」

噛まれた時の恐怖が蘇りフィオナが震え出す。

ディーザも青い顔で自分を抱きしめるようにしながら、アントンへ質問する。

「北の森だし、だ、大丈夫よね……私達がやったってバレないわよね？」

ちなみに顔の傷はフレーレの回復魔法とハイポーションで薄くなっていたが、化粧でごまかす必要がある程度には残っていた。

「俺達はなにも知らねぇ……いいか？　なにも知らないんだ。俺達が言わなければバレることはない……」

ディーザの質問に、呻《うめ》くように呟き、早足でギルドを去っていくアントン。それを慌てて三人が追う。そして、フレーレが困惑しながら叫んだ。

「え!?　い、言わないんですか!?　後で知られたらどんな罰があるかわかりませんよ！」

「うるさい！　黙ってついてこい！」

なんてことを叫び出すんだと、フレーレの髪を引っ張りながら、引きずるように宿へ戻っていく。

「きゃあ！　い、痛い！　や、やめてください！」

「いいか、お前も共犯だ。バレたらお前もタダじゃ済まねぇんだ、ヘタなことは言うんじゃないぞ！」

フレーレを床へ叩きつけながら怒声を浴びせ、アントンは二人をつれて自室へ入っていく。

乱暴に叩きつけられたフレーレはその場で泣くしかなかった。

――この時点で報告しておけば、人の味を知ったデッドリーベアということがギルドに伝わり、脅威に対して対策ができたかもしれなかった。

だが、保身のためアントンはそれをしなかった。

この選択が後にアントン達をさらなる恐怖へ陥《おとしい》れることになる。

◆　◇　◆

「……というわけだ、君への依頼は近隣の森で済むが、一人で行くなら奥までは行かないこと。危ないと思ったら町へ逃げ帰るんだぞ」

今日も昼の時間は依頼をこなすためにギルドへ来たんだけど、ギルド内はピリピリしていた。

昨日お客さんが話していたことがすでにギルドにも伝わっているらしく、依頼を受ける時にギルドの職員さんからいろいろと聞かされたのだ。

『北の森の魔物が近隣の森に出現している』と。

今のところ、魔物暴走《スタンピード》に発展するほどの数は確認されていないので、深いところへ行かないという条件付きでキノコ狩りとホーンドラビットの狩猟を許可してもらえた。上級補助魔法のおかげね。

「うーん、物騒だなあ……一応、武器を手入れしてもらっておこうかな？　補助魔法があっても武器は強くならないからなあ……」

腕力や素早さは上がるが、武器自体の性能は上がらないので手入れはかかせない。

私の持っている鉄の剣はこの町に来て初めて買った武器で、結構なお値段だった。

しばらくはこれを使い続ける必要があるので、大切にしなければ。

そうと決まれば早速、武器防具屋へ向かおう！


「こんにちはー、ダックルさん居ますか？」

「おお？　ルーナちゃんか、久しぶりだな。ダックルってことは剣の手入れかい？　少し待ってな、呼んできてやるよ」

私に声をかけてきた人は防具職人のフントさん。武器職人であるダックルさんと一緒に資金を出し合って作ったお店なんだとか。

腕はピカイチで、作る武器や防具はもちろん、手入れも手を抜かないので信頼できる。

ただ、店の名前がね……『フン・ダックルズ商店』という名前なんだよね……もう少しマシな名前はなかっただろうか？　私が初めて来た時は高値をふっかけられるんじゃないかと、ドキドキしながら買い物をしたものだ。さっきも言ったけど結構なお値段だったしね。

「あ、ルーナさん。お久しぶりです。購入ですか？　それともお手入れ？」

カウンターに出てきた線の細い男性がダックルさん。見た目から武器を作る人には見えないんだけどなあ。

「あはは、お手入れです。購入はまだまだですよ……」

「そうですか？　最近高レベルの魔物を倒していたって聞きましたよ？」

「あー……少し前にパーティを追い出されまして。今は一人なんですよ」

「あらら……まあ合う、合わないはありますからね。では剣をお預かりしてもいいですか？」

くそう、パーティを追い出されたのは事実だけど、なんか悔しい。

それをダックルさんに言っても仕方ないので、愛用の鉄の剣を渡し、手入れが終わるのを待つ。

「はい、終わりましたよ。少し刃こぼれしていたので砥《と》いでおきました」

銀貨五枚（痛い出費……）を渡し、挨拶をして店を出ていく。

フントさんに今度は防具もよろしくと言われたが、今はその余裕がないんです……すみません！

その足で、入り口の門にいつも立っている衛兵さんにも挨拶をして森へ出発する。

この調子なら夕方には戻ってこられそうだ。

待っていろ、ハルシメジにホーンドラビット!!　今日の私の夕食を豪華にするために!!

◆　◇　◆

「今日は依頼どうするかな……」

「もうお昼近いわよ？　ロクな依頼が残ってないんじゃないの？」

遅くに起きてきたアントンとディーザが宿屋の食堂で今日の予定を確認する。

ディーザの言うとおり、昼を過ぎるとロクな依頼が残っていないことが多い。

「金は必要だからな。今はいいが宿賃も馬鹿にならねぇ。適当なやつを探しに行こうぜ」

「そうだなぁ、アタシも酒を飲みたいし、いいぜ。ディーザはここで待っててりゃいいだろ？　また置いて逃げようとされちゃたまらねぇからな……」

あれからディーザとフィオナの仲はさらに険悪になっていた。デッドリーベアとの戦いの際、フィオナはディーザが自分を置いて逃げようとしたことを忘れていない。

「あんたこそ、大怪我をして足手まといにならないでよ？　今度は置いていくからね!!」

売り言葉に買い言葉を続ける二人を見て、ため息をつきながらアントンがフレーレを引っ張って無言で出ていこうとする。

「痛いです！　ギ、ギルドの話だと北の森の魔物が徘徊しているみたいですし、少し様子を見たほうがいいんじゃないですか？」

「ああん？　そんなのにビビってたら勇者が笑われるだろうが。いいから行くぞ。二人も早く来いよ」

「……」

「い、今行くわ」

「ま、待ってくれアタシも……」

　アントン達のパーティは昼過ぎにもかかわらず、ブルホーンという牛型の魔物を倒す依頼を受けることができた。

　角と毛皮が高値で売れ、肉も食べて良し、売って良しという魔物で、さらにアントン達でも倒せる程度の強さなので人気の依頼なのだ。

「森の奥には近づかないこと、時間がかかるようなら一旦戻ってくるんだぞ？」

　職員は重々注意したうえで許可をするも、舞い込んだ幸運に喜んだアントン達が注意を聞いていたかは怪しい。どうしてそんな割のいい依頼が残っていたのか、というところまでは考えが及ばなかった。

そう、他の冒険者達は様子を見ていたのだ。依頼を受ける冒険者が少ないため、残っていたのである。

もちろんルーナを含め、出かけている冒険者も居るので、今回に限ってはアントン達が無謀というわけではない。

ただし……

◆◇◆

「ハルシメジはこれくらいでいいかな。後はホーンドラビットね。でもその前に……」

煙で魔物が寄ってこないように、穴を掘ってその上に石を積み上げ、簡単なかまどを作る。

全部とはいかないがこれである程度煙が広がるのを防げるので、その辺の枯草を集めて火をおこし、手に入れたハルシメジを焼く。

ハルシメジは『ウメの木』という春幻の季節に花を咲かせる木の近くに生えることが多く、この時期にしか採れない。串に刺したハルシメジの焼ける香ばしい匂いが漂い始めた。

「今日はいっぱい採ってるし、少しくらいはね♪」

バッグからショーユという異国の調味料を取り出し、串焼きにかけると、ショーユの焦げた香りが食欲をそそる。

お昼は食べてきたけど、おやつということにしておこう。キノコは太らない！　ハズ！

「いっただきまーす♪」

串焼きを手に持ったところで、木の陰からさっとなにかが飛び出してきた‼

え⁉　ま、魔物⁉

つい串を武器代わりに身構えたが、まるで役に立たないことに気づく。

そして飛び出してきたなにかが私の腕に噛みつく！　やられた⁉

……と思ったが痛くない。そっと目を開けてみると……

「きゅきゅーん」

この前の子狼だ！　嬉しそうに尻尾を振りながら私の腕を甘噛《あまが》みしている。

中腰気味で身構えていた私は安堵し、すとんと倒木《とうぼく》へ腰をおろしながら子狼に話しかける。

「どうしたの？　お母さんは？」

子狼を抱っこして前を向かせると、尻尾をパタパタ振りながらジタバタし始めた。あ、女の子だ。

そんな確認をしていると、髪の毛が引っ張られる。

「痛っ⁉」

「きゅん！」

そこにはもう一匹の子狼が居た。今日は私の髪の毛をおもちゃにしているようだ。

毛先がくしゃくしゃになったので女の子の狼を下ろし、もう一匹の子を抱きかかえると元気に暴れ始めた。こっちは男の子のようだ。するとゆっくりお母さん狼が現れる。

私に対して警戒していないのか、近くまで来て寝そべった。

「よく見たら少しふっくらしてるわね？　ちゃんと狩りができたのかな？」

母狼も子狼も普通の狼よりは細いが、前に見た時よりもマシに見え、尻尾もふさふさになっている気がする。そっと母狼の背中を撫でるとあくびをした。

ハルシメジを狼親子にも分け与え、しっかりとたき火を消してから、私はホーンドラビットを探しに歩き出す。

「バイバイ」

手を振って狼達にお別れを告げるが、なぜかついてきていた。

足元で二匹がぐるぐる回りながら走っているのはかわいいけど、目が回らないのかな？

邪魔しないならいいかなと思い、そのまま一緒に歩いていると、三十分ほどで一匹目のラビットを発見できた。

今日は三匹狩る必要があり、陽が暮れる前に帰るなら手早く終わらせたい。

「《ムーブアシスト》と《ストレングスアップ》。これで大丈夫かな」

ラビットの顔が後ろを向いた隙に一気に近づき、首の後ろに剣を一閃《いっせん》。

私の手から逃げようともがくラビットを押さえつけて、動かなくなったことを確認してから血抜きを始める。

血の匂いで別の魔物が来る可能性もあるので手早くやる必要があるが、お父さんに習っている私には難しい作業ではない。

念のため穴を作ってその中に血を出しきってから、角を切り落とした頭を一緒に埋める。

角は粉末にすると薬になるらしいので、キチンと回収しておくといいお金になるのだ！

「よし、まずは一匹目！　結構大きかったから高くなりそうね」

さらにラビットを求めて森を徘徊していたら、なんとラビットの群れがいるではあり

ませんか‼

おっと、興奮してしまった……

「これで依頼達成は確実ね♪」

先ほどかけた初級の補助魔法は自分が寝るまで持続するので、このまま攻撃ができる。

草むらの陰でその機会を待っていると、母狼が飛び出した！　え⁉

私が呆気にとられていると、続けざまに子狼が飛び出し、あっという間に三匹のラビットが狼の口に咥《くわ》えられていた。

「ワォン」

四匹いた内一匹には逃げられてしまい、母狼から吠えられてしまった。

うう、合図がないからそれはわかんないよ。狼達は私の前にラビットを置くと、ひと声鳴いた。

私にくれるの？　この前のお礼なのかな？

「ありがとう。でも二匹あればいいから、一匹はあなた達でお食べ」

三匹分血抜きをし、角を回収して採取用のバッグへラビットを入れる。

一匹分のお肉を母狼に渡すと「ウォン」と鳴いて咥《くわ》えた。

よしよし、じゃあ陽も暮れてきたしそろそろ帰ろうかと思っていると——

「――けて！」

「あれ？　今なにか聞こえたような……」

耳を澄まして目を閉じると、少し先の崖下から声が聞こえていた。

慌てて崖下を見ると、白いローブをまとった人影が泣きながら走っているのが見えた。

辺りが薄暗くなって見えにくいがあの恰好は……

「――助けて！　誰かぁ！」

私を追い出した勇者パーティの一人、ビショップのフレーレだった。

◆◇◆

フレーレがルーナに発見される少し前、アントン達は狩りをしていた。

今回討伐に来たブルホーンはよく突進してくる魔物なので、木を背にして回避すれば勝手に木に激突してくれて、結構簡単に倒せる。

アントンとフィオナの前衛に加えてディーザの魔法があるため、苦もなく倒せていた。

「やったな、二頭でも金貨四枚と銀貨五枚ってところか。久しぶりに実入りがいい依頼じゃねえか」

ブルホーン討伐にかかせないレンタル荷車（銅貨五枚）に獲物を積み込み、アントンが引き始める。

「くっそ……重てぇな……ルーナがいりゃストレングスアップで楽に引けるってのに……」

「あんな女のことなんて早く忘れてよね？　今日は私が相手してあげるから……」

「はあ⁉　今日はアタシだろ？　抜け駆けするんじゃねぇよ⁉」

アントンは二人のやり取りを見てため息をつき、まあどっちでもいいけどな、などと考える。一方、一緒に来ていたフレーレは出発してから一言も発さないまま周囲を警戒していた。

ブルホーンは倒せた、それはいい。しかし静かすぎる気がするのだ。

「どうした、フレーレ。あー、昨日は悪かったな、髪の毛を引っ張ったりしてよ。イラついていたからついな……許してくれ」

頭を下げるアントンだが、まだフレーレとは夜を共にしていないので、逃げられては困ると思っての行動だ。悪いとは思っていない。

「い、いえ……それよりなんだか静かすぎませんか、この辺り……ホーンドラビット一匹見ないんですけど……」

「アタシ達にビビって出てこないだけだろ？　さあさっさと帰って――」

フィオナが荷車を引く一番後ろにいたアントンに声をかけようとしたその時、その表情が凍りつく。

「どうしたのよ……ヒッ⁉」

前を歩いていたディーザが振り返って尻餅をつき、それをフレーレが立たせようとしたが、ディーザがフレーレの後ろを指さすので、彼女はそちらを向いた。

「――⁉」

アントンの後ろに立っていたその影は、一週間ほど前に自分達が返り討ちにあったあのデッドリーベアだった。

口の周りにべったりと血をつけた隻眼《せきがん》のデッドリーベアは、歓喜の咆哮《ほうこう》をあげる。

ゴガァァァァァァ！

◆　◇　◆

「フレーレじゃない！　どうしたの、そんなにボロボロになって⁉」

「あ、ああ！　ルーナ！　た、助けて……み、みんなが！」

駆け寄ると、私に抱きついて「助けて」とだけ連呼する。この怯え方は尋常じゃない。

「なにがあったかわからないけど……みんなってアントン達よね？　そこまで案内してもらえる？」

嫌な予感はするが、見て見ぬふりはできない……よね……

「は、はい！　こ、こっちに！」

フレーレに《ムーブアシスト》をかけ、沈静の意味も込めて一緒に《マインドアップ》もかけておいた。

「あなた達は森に帰るのよ！　絶対ついてきちゃダメだからね！」

私の靴を噛み、尻尾を振りながらきゅーんと鳴く子狼を母狼の背中に乗せて、振り向かずにフレーレを追いかける。

後ろから子狼の鳴き声が聞こえるが、振り返ると追ってきそうなので無視することにした。

それより、一緒に戦っていた頃を知っているけど、フレーレはこんなに怯える子じゃなかった。もしかして噂の、北の森の魔物に襲われたのだろうか？　でも、この子だけが逃げ切れて他の三人が逃げ切れないというのは考えにくい……

私は走りながらいろいろ考えるが、結局のところ現場を見ないことにはわからない。

全力で走っているとほどなくして到着し、そして戦慄を覚える。

「な、なによこれ……」

案内された場所は血の臭いで充満していた。

そこには荷馬車がポツンと佇み、白かったであろう部分は血に染まっており、地面にも血の痕が点在している。

その場所の中心で、巨大なデッドリーベアがフィオナの前に立ちふさがっていた。

フィオナは右手に剣を構えているが、木の棒を振っているのではないかと錯覚するほど心もとなく見える。

それほどまでにこのデッドリーベアの大きさは規格外だった。

左腕は折れているようで、フィオナが動く度、プラプラと揺れていた。

「フィオナ‼」

「あ、ああ……ルーナ……た、助けてくれ……こいつ、アタシばっかり襲ってくるんだ……死んだと思っていたアントンはディーザと一緒に逃げちまうし……なあ……頼む……」

「逃げた⁉」

「ア、アントンは生きていたのですか⁉」

私とフレーレが叫ぶと同時に、デッドリーベアがフィオナへ襲い掛かる！

ゴアァァァァァ！

「あ、あう⁉」

「いけない！」

隻眼《せきがん》のデッドリーベアがフィオナを掴み、動きを封じる。

そして血まみれの口から唾液をしたたらせながら、ゆっくりとその口を開けた。

「い、いやあああああ⁉」

デッドリーベアはフィオナを頭からばっくりいこうとしたが、フィオナが暴れたため頭をかすめて肩に噛みついた。

「うわあああ！　痛いぃぃぃ⁉」

目の前の光景に茫然としていた私はフィオナの悲鳴で正気に戻った。

「今行くわ！《ディフェンスアップ》！」

私は反射的に防御を上げて、デッドリーベアへ走る。

力も上げてはいるが、私の力ではダメージが与えられないのは明白。それでもいい、少しでも隙をつければ……！

デッドリーベアの左目は潰れている。ならばと、左側から顔のT字と呼ばれる個所へ剣を叩きつけた。

「この！　放しなさいよ！」

幸いフィオナにかじりつくため姿勢が低くなっているので、労せず攻撃を加えることができた。

グオォォォォ⁉

熊は鼻が弱点だ。そこへ思いっきり、何度も剣を叩きつけるとフィオナの肩から口を離した。

「今だ‼」

フィオナを抱き上げて、一気に加速しフレーレのところまで戻る。

「ひ、酷い傷……⁉　《シニアヒール》！」

「待って！　《マジックアップ》！　これでかけてあげて！」

「は、はい！　……すごい⁉　効果が全然違う！　傷が深いけどこれなら‼」

それでも初級の補助魔法なんだけどね、と思いながら、態勢を立て直した隻眼《せきがん》のデッドリーベアへと向き直る私。

（どうしよう……もうフィオナは餌《えさ》として認識されてるだろうから、このまま町へ逃げてもこいつは恐らく追ってくる……かといってこの三人で倒すのは無理だし……）

狩人の経験から、熊の生態はわかっている。人間の味を知った熊は危険だ。まして相手はデッドリーベアという魔物、執拗《しつよう》に狙ってくるに違いない……さらにこっちには怪我人がいる……

「ルーナ？」

「ふう」

ぶつぶつと呟いていた私はフレーレに声をかけられ、ため息をつく。ひとつだけある方法を思いついた。かなり博打《ばくち》要素が強いけど、ここで全滅するよりはマシだろう。

「フレーレ、あの崖の陰まで走れる？　走れなかったらここであの熊の餌《えさ》になるけどね。あ、フィオナの剣、持ってね」

熊の餌《えさ》と聞き、青い顔をしたフレーレはコクコクと頷いて剣を抱くように持つ。

フィオナは死んでいないが意識はない。この子は私が担いでいこう。

「せーの……行くわよ！」

「はいっ……!!」

私は合図と共に大きめの石を、ゆっくり接近してきていたデッドリーベアへ投げつけた！

ゴァァ!?

ストレングスアップを使っているので、鼻に当たればそれなりに痛い。

デッドリーベアが怯んだ隙に、私とフレーレは一気に走り出した！

◆◇◆

「くそ……！　どうしてこんな目に……なんであのデッドリーベアがここに居るんだ⁉」

「でもなんとか逃げてきたわね……」

フィオナを置いて逃げ出した二人はフラフラと町を目指していた。

アントンは頭から、ディーザは背中から血を流しており、足元がおぼつかない。

フィオナがデッドリーベアを視認したあの時、一番近かったアントンの頭をベアが殴りつけていた。

自《みず》ら吹っ飛んで威力を殺したものの、ベアの剛腕に殴られ、木にぶつかったショックで頭が割れて血が溢れ出した。

アントンという邪魔者を排除したベアは、次にフィオナの前に居たディーザへと襲い掛かる。

ディーザの後ろに居るフィオナへ迫るため、ディーザが邪魔だったからだ。

ディーザが逃げようと後ろを向いた瞬間、ベアの攻撃を背中に受けてしまった。

そしてフレーレがその光景を見て助けを呼びに走り出し、ルーナと出会ったのだ。

デッドリーベアがアントンとディーザを無視してフィオナへ向かったのを見て、二人は気絶したふりをし、機を見て脱出したのだった。

「フィオナはもうダメだろうな、惜しかったが仕方ねぇ……命あってのってやつだからな……」

「可哀相だけど、あの子が狙われていたおかげで助かったわ」

「フレーレは真っ先に逃げたみてえだが、あいつの足で逃げ切れるとは思えない……これなら仲間を見捨てたこともバレないだろう……」

アントンは同じ冒険者から腰抜けだと思われるのは嫌だ、と思っていた。勇者の恩恵を持つ俺が、そんな屈辱は受け入れられないと。

なので、あんな危険な魔物から逃げてなにが悪いのだと逆ギレをしていた。

幸い仲間を見捨てて逃げたことを知るのは、恐らく隻眼《せきがん》ベアに食われるフィオナとフレーレだけ。

ならば、いくらでも言いようはある。頑張って戦ったが、二人は残念だったとでも言えばいい。

ディーザもライバルが減ったなどと、不謹慎なことを考える。

まずは町に帰って傷を癒さなければ……救いようのない二人は、必死に町を目指していた。

◆
◇
◆

デッドリーベアの隙をついて、崖の陰に身を隠す。しかし距離はそれほど離れていないので、見つかるのは時間の問題だろう。

「はあ、はあ……」

「はあ、はあ……こ、これからどうするんですか……」

「そうね……フレーレ。あなたはフィオナを連れて町へ帰ってこのことを伝えて。私はアレをなんとかするわ」

荒い息を整え、フレーレへ今からやることを伝える。

「そんなの無茶ですよ⁉」

フレーレは無茶と言ったが、この作戦ならデッドリーベアが町へ向かう時間は稼げるだろう。

その間に戦力を整えれば、万が一町に向かったとしても、奇襲されるわけではないので迎撃は可能だと思う。

そしてこの作戦は、この中で逃げ切れる可能性が一番高い私が、囮《おとり》になるしかない。

「フィオナの装備、もらっておくわね」

なるべくたっぷりとフィオナの血をつけた籠手《ガントレット》と剣を装備する。

代わりにフレーレの《ピュリファイケーション》で、フィオナについている血を落としてもらう。

「ごめんなさい……ごめんなさい!!」

《ストレングスアップ》をかけたフレーレがフィオナを抱えて町へと走っていく。

町には寺院があるので《復活《リザレクション》》を使える人が居るはずだ。少し値段は高いが恐らくこれでフィオナは助かる。

「さて、私は森の奥へ行かないとね……お願い、こっちに来てよね……」

フィオナが流した血を撒きながら、私はなるべくゆっくりと森の奥を目指す。しばらく移動したところで、私は一度振り返って呟いた。

「来るとしたら、そろそろね……」

岩陰に隠れ、道中こぼしてきた血の痕を見ながら、私は隻眼《せきがん》ベアを待つ。

これで町のほうへ行っていたら……何度も嫌な想像をしてしまうが、その度に頭を振って追い出した。

しばらくしてガサガサと草をかき分ける音が聞こえてきた。

「……来た……！」

ゆっくりと坂を上ってくる隻眼《せきがん》のデッドリーベアを見た私は、賭けに勝ったと拳を握る。深呼吸をして気を落ち着かせると、あえて姿を見せながらまた奥へと走り出す。

私の姿に気づいたベアが、速度を上げて走ってくるのを一瞬だけ振り返って確認し、今度は周囲を見渡しながら駆けていく。

「レイドさんの話だと、この辺に居るはずなんだけど……」

私の作戦は、フィオナの血と装備で森の奥近くに隻眼《せきがん》ベアをおびき寄せ、その後、レイドさんが見たという、マンティスブリンガーかパイロンスネークとベアを戦わせるつもりなのだ。

他の魔物でもいいんだけど、今は目撃情報があるという魔物を見つけたほうが早いし、同じ北の森の魔物なら時間稼ぎになると判断したから。

できれば猛毒を持っているパイロンスネークが望ましいけど……

グルォォォォォォォォ！

「嘘⁉　思ったより速い！」

雄叫びが聞こえたのでチラッと振り返ると、かなり接近されていた。

でもこちとら人間よ！　そう簡単に捕まってなるものですか！

これ以上は必要ないと、血のついたフィオナの装備を眼前にある岩壁へ投げて、私はスピードを保ったままほぼ直角に曲がる。

ベアは匂いで追跡しており、また片目のハンデで距離感が掴めないため、曲がり切れず岩壁へ突っ込んでいた。

「いよっし！」

私は腕を上げながら叫ぶと、なおも距離を稼ぐ。走りながら北の森の魔物を探すが、やはり遭遇しない。

薄暗い中、走るのが危なくなってきたので《ナイトビジョン》の補助魔法で視界を補助する。

ハッキリと見えるようになるわけではないが、真っ暗闇を走るよりはマシだ。

普段出番がなく、ダンジョンや洞窟で松明が切れた時に緊急的に使う魔法だが、今日は使えて良かったとホントに思うわ……

「もう深淵の森に着いちゃう……この先は流石《さすが》にマズイ……どこに居るの……」

深淵の森は西に広がる巨大な天然の迷路のような場所で、陽が暮れてから侵入した場合、帰還するのは不可能に近い。

そして体力が増加する《バイタリティアップ》を使っているとはいえ、体力が無限になるわけではないため疲労も増してきた。

だがその時、前方に巨大な影が見えた！　あれは……パイロンスネークだ!!

「み、見つけた!!　こっちを向いてぇぇぇぇぇ!!」

即座に大きな石を拾い、全力で投げると胴体へクリーンヒット！

一瞬呻《うめ》き、パイロンスネークがこちらへ鎌首をもたげる。

しかし悲しいかな、緊張で気づかなかったけど、私の足は疲れていたらしく、投げた反動で転んでしまった。

「きゃあ!?」

ゴロゴロと前のめりに転がると、活きのいい餌《えさ》を見つけたとばかりにパイロンスネークがこちらへ迫ってきた。

そして後ろからは、興奮したベアが追いついてくる。

前門のスネーク、後門のベア……作戦はうまくいったけど、は、早く逃げないと……

なんとか立ち上がって再び走り出したが、逃げるほうを無意識に見ていたせいだろうか。私が走り出した方向へベアが回り込んでいたのだ！

「あ……⁉」

勢いがつき始めていた足は急に止まることができず、また転んでしまった……

月明かりに照らされた隻眼《せきがん》ベアの赤い瞳が、妖《あや》しく私を見下ろしていた。

鬼ごっこは終わりだとでも言いたいのか、なんとなく笑っているように見えた。

そして転んだ私の頭上にベアの剛腕が……振り下ろされた。

◆　◇　◆

「お、お前アントンか⁉　どうしたその傷は⁉　ディーザもか⁉」

「ちょっとツイてないことがあってな……」

血まみれのアントンがようやく町に到着し、入り口の衛兵から驚かれていた。帰る途中、他の魔物に襲われなかったのは僥倖《ぎょうこう》だったといえる。

大怪我をしていたのに助かったのは、ルーナの置いていったハイポーションのおかげだった。

以前フィオナが北の森で襲われた際に一本消費していたが、まだ三本残っていたからだ。

リーダーが持つんだと、アントンのカバンに入れておいたのも幸いした。

しかし、あまり怪我をしていないと『命からがら逃げてきた』という話が薄れるため、ディーザと半分ずつ飲んでリジェネレイト効果でゆっくり治しながら帰ってくるという小賢しい真似もやっている。

そのため見た目は血だらけだが、傷はある程度塞がっているので動くことに支障はなくなっていた。

その足でギルドの扉をくぐる二人。

「すまねえ、依頼は失敗しちまった、荷車は弁償する……」

「ん？　アントンか……その傷はどうした⁉」

慌てるイルズを制し、ディーザが代わりに口を挟む。

「北の森に居るはずのデッドリーベアが近隣の森に現れて、いきなり後ろから襲われたの……。アントンはその時頭を殴られて怪我を負ったわ。私は魔法で援護していたんだけど全然敵わなくて……イルズさんの言ったとおり、私達じゃ力不足だったわ……」

うう、と泣くふりをして同情を誘う。イルズはふとあることに気づき、アントンへ問いかけた。

「おい……フィオナとフレーレはどこだ？　まさか……」

「あ、ああ……あの二人は……その、デッドリーベアに……」

アントンが悔しそうに目を瞑《つむ》ると、周りがざわつき始める。

「マジかよ……」

「冒険者をやってりゃこういうこともあるが……やるせねぇな……」

「口は悪いがかわいい子だったのにな」

「フレーレも可哀相にな……まだこれからって歳だろ？」

イルズが冒険者達に「それくらいにしておけ」と声をかけ、静かにさせる。

パーティメンバーを失う辛さは計り知れないからだ。

「……話はわかった。フィオナ達がやられたのであれば、捕食されるだろうから、デッドリーベアが町まで来ることはないだろう。明日、討伐隊を組んで弔《とむら》い合戦だな」

「頼むよ……俺達じゃ、二人だけじゃあれには勝てないんだ……あんたの言うことは正しかったよ……」

涙を流すアントンを見て、息をつくイルズ。

「それが理解できたならいい。これからはキチンと、レベリングを地道に行《おこな》っていくことだ。勇者の恩恵があるならその内勝てるようになる。今回は我々に任せておけ」

イルズの言葉を聞きながら、アントンはほくそ笑んでいた。これであの隻眼《せきがん》ベアが退治されれば、俺達を追いかけてくることもない。さらに、俺達が仲間を置いて逃げ出したことを知る者もいないので、大手を振って冒険者を続けられると。

「そうだ、そのデッドリーベアだが片目だったか？」

イルズが不意にアントン達へ問いかけた。片目と聞いて一瞬ドキッと心臓が跳ね上がった気がした。

「あ、ああ、確かそうだった。それがどうかしたのか……？」

「先日北の森へワッツ達を派遣したんだが、北の森に到着する前に片目のデッドリーベアを発見したと言って、急いで戻ってきたんだ。どうもそいつが近隣の森へ向かっているようだったから、そいつにやられたのかとな。どうやら悪いほうで当たったみたいだが……」

「そ、それじゃ私達はもう行くわね。ほら、アントン、寺院へ行きましょう」

アントンとディーザがそそくさとギルドを後にしようとしたその時、入り口の扉が力強く開かれた。

それは、ボロボロのローブをまとったフレーレだった！

「み、見つけましたよ……！　先に戻っていたんですね！　イルズさん聞いてください、この二人は……!!」

フレーレは二人を睨みつけながら入り口を塞いだ。

実を言うとフレーレはギルドにアントン達が居ることに気づいていた。

彼らがどういった話をするのか聞き耳を立てていたのだ。ルーナのことは心配だったが、この二人を逃がさないこともフレーレにとっては重要だった。

二人が話した内容は散々なもので、自分達は勇敢に戦った、フィオナとフレーレは残念ながら助けられなかったという吐き気がするような嘘。

そこまでアントンに言わせてから、フレーレはギルドへ乗り込んだのだ。これで、アントン達は逃げられない。フレーレは自分も共犯だが後悔はないと、覚悟を決めての行動だった。

「フ、フレーレか！　生きていたんだな！　無事とはいかないだろうが良かったな……」

イルズが本当に良かったと安堵の表情でフレーレを出迎えた。

「はい、ありがとうございます。フィオナも大怪我をしていますが生きています」

その言葉を聞いたアントンとディーザの顔が、さっと青ざめる。

逆にイルズはフィオナも無事だったことを喜んでいた。

「本当か⁉　低レベルの冒険者がデッドリーベアに襲われて、命があったのは儲けものだ……しかしどうやって逃げ出したんだ？」

「その前に……わたしは、わたし達のパーティは皆さんに謝らないといけません……」

「お、おい⁉　やめろフレーレ！」

アントンが必死に制するが、フレーレは止まらない。

「あの隻眼《せきがん》ベアは……以前、北の森でわたし達が傷つけた個体なんです……あの時はなんとか片目と口を攻撃して逃げることができました」

「な、なんだと……⁉　お前達、俺があれほど言ったのに倒しに行ったのか！　しかも倒せずに逃げてきたと！」

イルズは激怒してアントン達を睨みつけ、やがてハッと気づく。

「……！　もしかしてその時、誰かが餌《えさ》とみなされたんじゃ……」

「多分ですけど……フィオナだと思います……。さっきも執拗《しつよう》に狙われていましたし……そして、そこにいる二人はフィオナが狙われている間に逃げ出したんです。まだ生きているにもかかわらず‼」

ギルド内が「なんてこった」「タチが悪いぜ……」といった声でざわめき始める。

その声をかき消すように、アントンが怒鳴った。

「くそ……くそくそ！　なんで生きてるんだ⁉　フィオナもだと？　あいつは腕も折れてロクに戦えなかったはずだぞ⁉　しかも、俺達が逃げただと？　それを言うならお前は真っ先に逃げただろうが‼」

「そうよ！　自分だけいい子ぶろうったってそうはいかないわ！　イルズさん、こんなことを言っていますがこの子は一番最初に逃げたんですよ？」

「わ、わたしは助けを呼びに……」

「ふん、どうだか……」

そのやり取りを聞いていたイルズがまたも激高する。

「いいかげんにせんか貴様ら！　フレーレよ、お前がここに帰れた経緯を聞かせろ。それで判断してやる。嘘はすぐわかるからな？　そのつもりで話せ」

いつもの調子ではなく、冒険者時代の荒い口調で三人を黙らせてから、フレーレにことの経緯を問う。

その迫力に怯えながらも、フレーレは意を決して語り出した。

「あの時わたしは助けを呼びに行き、そこでルーナに会いました。ルーナはわたしと一緒に現場に行き、フィオナを助けたんですけど、その時フィオナからアントン達が逃げたと聞かされたんです」

「チッ……」

「なるほどな……ルーナちゃんの補助魔法ならいけるか……おい、ルーナちゃんはどうした？　それにフィオナが狙われているなら町に隻眼《せきがん》ベアが迫っているんじゃないのか⁉」

「そ、そうでした！　ルーナはわたし達を逃がすためにベアを森の奥へ誘導する囮《おとり》になったんです！　は、早く助けに行かないと‼」

「なんだと⁉　それを先に言わんか‼　で、それはどれくらい前の話なんだ！」

「もう一時間は……！　ああ、どうしよう……わたしのせいで……」

「ええい、時間が惜しい！　アントンとディーザは後で尋問するから地下牢に入れておけ！　絶対に逃がすんじゃないぞ？　手負いのデッドリーベアを相手にできるのは……」

イルズが焦りながらも指示を飛ばす。アントンとディーザは近くに居た冒険者と職員に武装を剥がされ、鎖で両手を縛り上げられ引きずられていく。

「俺は勇者だぞ！　こんなことをしてタダじゃおかねぇ！」

「放しなさい！　汚い手で触らないで頂戴！」

なおも暴れる二人だったが、すぐに地下牢へと消えていく。

「うるさい馬鹿どもが……。やつらの処遇は後回しだ。だが、死んだほうがマシだったと思えるくらいの処罰は覚悟してもらわないとな。もちろんフレーレ、君もな」

「はい……」

「よし、それは後でいいとして、どの辺りでルーナちゃんと別れたか教えてくれ。流石《さすが》に今のメンバーで、手負いのベアと戦える人間は少ないし、町も心配だ。だから俺がルーナちゃんを助けに行く……」

イルズがそう言った時、カウンターの奥にある扉からとある人物が出てきた。

「その役目は僕に任せてくれないかい？」

「ギ、ギルドマスター……!?」

執務室からギルドマスターのファロスが現れた。

第四章

（やられる！　……お父さん、ごめんなさい……）

私は隻眼《せきがん》ベアの攻撃を見て目を瞑《つむ》った。このまま頭をザクロのようにされて死んでしまうのだと。

一応ディフェンスアップは使っているものの、重い一撃に耐えられるとは思えない。

「？」

しかし、いつまで経っても攻撃が来ない。恐る恐る目を開けてみると……

「ガルルルル……！」

グオォォォォォン!?

なんとあの母狼が、隻眼《せきがん》ベアの鼻骨辺りに食らいついていた！

「きゅーん！」

「きゅんきゅん!!」

いつの間に近づいてきたのか、チビちゃん達が私の袖を咥《くわ》えて引っ張っている。

でも隻眼《せきがん》ベアが怖いのだろう、尻尾は垂れ下がって少し震えていた。

この子達ったら……

私は急いで立ち上がり、チビちゃん達を抱きかかえると、カバンから私のとっておきを取り出し、隻眼《せきがん》ベアへ向き直った。

よく見るとパイロンスネークも速度を上げてかなり接近してきている！　急がないと!!

ピューイ!!

私が口笛を吹くと、母狼がこちらをチラっと見て隻眼《せきがん》ベアを蹴りながら離脱した。

「今だ‼」

私が投げたボール状の塊が隻眼《せきがん》ベアの顔の前で爆発する。

グガァァァァァ！

辺りに赤い粉末が飛び散る。見たか、必殺トウガラシ爆弾！

目が痛いのはもちろん、トウガラシには嗅覚を麻痺させる効果があるので、これならすぐには追ってこられないハズだ！

「逃げるわよ！　痛っ⁉」

めちゃくちゃに暴れ回っているベアの爪が私の頬をかすめていく。顔に爪痕ができ、血が滲《にじ》む。幸い深手じゃない。デッドリーベアは私の血がついた爪を舐めると、また闇雲に攻撃を始めた。

「きゅーん……」

ペロペロと頬の傷を舐めてくれるチビちゃん。

「大丈夫、行くわよ！」

「わぉん！」

母狼に補助魔法をかけ、私達は一気にその場を離れることに成功した。最後に振り返った時、デッドリーベアはパイロンスネークと戦いを始めていて、思惑どおり時間を稼ぐことができそうだ。あわよくばパイロンスネークが倒してくれることを願いつつ、再び前を向いて走った。

すっかり陽も暮れた夜の森を、町に向かってひたすら走る。おびき寄せた場所はかなり奥だったのでまだ町まで時間がかかると思った、その時だった。

「そこにいるのは誰！」

人の気配を感じた私は、足を止めて気配のほうへ声をかけると、同じく足を止めた母狼が唸りをあげて威嚇《いかく》を始めた。だけど、現れた人影を見て、私は安堵と同時に驚きの声をあげる。

「ギ、ギルドマスター⁉」

出てきたのは冒険者ギルドを仕切っている、ギルドマスターのファロスさんだった。

まったく偉ぶらない、人の好い笑顔でいつもみんなを見送ってくれている人だけど……

「……どうしてここへ？　しかもその装備……」

「はは、どうしては酷いなあ。ルーナちゃんを助けに来たんだ。フレーレって子がね、知らせてくれたんだよ」

フレーレ！　良かった……ちゃんと町へ帰り着けたんだ……

「す、すみません……お手を煩《わずら》わせてしまって……」

「それは構わないよ、隻眼《せきがん》ベアはもう町の脅威ともいえる存在になってしまったようだし、あのアントンとかいう馬鹿者のせいだから、ルーナちゃんが謝ることじゃない。ところで隻眼《せきがん》ベアはどうなったのかな？」

ファロスさんは槍を担ぎ、ベアについて私に尋ねる。すごい、いつもあんなにニコニコして温和なのに、今日はものすごく強そうだ！

「パイロンスネークと戦わせる作戦がうまくいったから、深淵の森の入り口近くで足止めできていると思います。トウガラシ爆弾も使ったんで鼻もしばらく利かないかと。できればパイロンスネークに倒されているといいんですけど……」

するとファロスさんは「ほう」と一言呟き、今から町へ戻ると言い出した。

「僕は隻眼《せきがん》ベアを倒しに来たんだけど、先にルーナちゃんを見つけることができたから、一度町に引き返そう。できれば夜に森で強敵と戦うのは避けたい。他の魔物が寄ってこないとも限らないからね。手負いの魔物は強い。町の冒険者全員で一気に倒したほうがいいだろう」

「私の匂いを辿って町に来ると思いますから、待ち伏せは大丈夫だと思います……でも町に迷惑がかかっちゃう……」

「仕方ないさ、さっきも言ったけど、こうなったのはあの馬鹿者のせいだから、これはギルド全体の責任さ。さて、そうと決まれば早いところ町へ帰って無事を報告しよう」

「はい！」

「きゅーん！」

「きゅんきゅん！」

「わふ」

私が返事をすると、なぜか狼親子も返事をした。

「ははは、元気がいい狼だね。ルーナちゃんが飼っているのかい？」

「いえ、そうじゃないんですけど懐かれちゃって。でもこの子達が居なかったら、もうとっくにやられてました！　命の恩人ですよ。ねー？」

「きゅーん！」

ペロペロと私の顔を舐めてくるチビちゃん達。帰ったら名前をつけてあげようかな？

「なるほど、それは丁重に迎えてあげないとね。じゃあ急いで戻ろうか」

私達は町へ向かって再び歩き出す。

これでようやく討伐できる……そう思っていたんだけど……

特に何事もなく町へ戻った私とファロスさんは、冒険者ギルドの扉をくぐった。

「あ！　ルーナ！　無事だったんですね！　良かった……本当に良かった……」

すると、先に戻っていたフレーレが泣きながら、駆け寄り抱きついてきた。

「フレーレも無事で良かったわ、なんとか逃げてきたわよ！」

さらに私達を見て安心したようにイルズさんが声をかけてくる。

「あまりひやっとさせないでくれよ？　でも良かった。ギルドマスター、ありがとうございます」

兜《かぶと》を脱ぎながら、ギルドマスター……ファロスさんが「僕はなにもしてないよ」といつもの調子で笑っていた。

「それより、みんなを集めてくれ。隻眼《せきがん》ベアの脅威はまだ去っていない。恐らく今夜中、遅くても夜明け前には町に来て、フィオナとルーナちゃんを捜そうとするだろう。いつ来てもいいように、これから見回りをするパーティのローテーションを組むぞ。交代で仮眠を取って備えるんだ。相手は一頭だ、一気にかかれば……」

ファロスさんがイルズさんと打ち合わせに入ったところで、私はお腹が空いていることに気づき、カバンから干し肉を取り出して狼親子と分けた。

「きゅん♪」

「きゅきゅーん！」

チビちゃん達は尻尾を振りながら干し肉をかじっている。ふふ、さっきまで震えていたのにね？

食べた量は少ないが、まだすべてが終わったわけではないので、お腹いっぱいにせず待機する。

「そうだ、あなた達に名前をつけようかな？　いつまでもチビちゃんじゃ呼びにくいし」

「きゅーん？」

「きゅんきゅん」

子狼は首をかしげていつものように甘噛《あまが》みをしてきたり、体当たりをしてきた。

「それじゃあ、甘噛《あまが》みしてくる女の子はシロップちゃんね。男の子のチビちゃんは……シルバ！　どう？」

「きゅーん！」

「きゅんきゅん！」

どうやら気に入ったらしく、私の周りをぐるぐる回っていた。すると母狼が私の前に来て、鼻をこすりつけてくる。

「えーっと……お母さんも名前ほしいの？」

「わふ」

どうやらそうらしい。子供達にはつけて私につけないのはどういうことか、と。

「そうねえ、お母さんだし……レジナなんてどうかしら？」

「わおん！」

お気に召したらしく、私の足に顎《あご》を置いて撫でてくれとせがんできた。

それを見たシルバとシロップがお母さんずるい、と毛に噛みついていた。

「後はこれね」

私は三匹の首に、色のついた布をスカーフみたいにして結ぶ。

シルバは青、シロップは黄色でレジナは赤だ。

「うん、かわいい！」

撫でてあげるとコロコロと転がってじゃれついてきた。かわいいなあ、もう！

「慣れてますね……どうしたんですか？　この狼さん達」

フレーレがチビちゃん達を撫でながら聞いてきたので、出会いから話をした。

――町へ戻ってきてから何時間経っただろうか？

うとうとしながら狼達と遊んでいたが、束の間の平和はすぐに破られることになった。

「た、大変だ‼　も、森が、森が‼」

「どうした、そんなに慌てて？　森がどうしたって言うんだ？」

「あ、ああ、森から大量の魔物が町に向かってきている！　ナイトビジョンがなくてもわかるくらいの影が蠢《うごめ》いているんだ‼　こ、この町は終わりかもしれん……！」

「な、なんだと⁉」

恐怖の夜はまだ続いていた……いや、始まったのだ。それも最悪の形で。

◆◇◆

「西の門だ！　急げ！」

「おい、起きろ！　緊急事態だ！」

「装備が整ったやつから遊撃だ！　俺達のパーティは先に行くぞ！」

ギルドが騒然となり、次々と冒険者達が出ていく。

北の森の高レベルの魔物から、近隣の森、深淵の森とそれぞれの魔物が、なにかから逃げるようにこの町へ向かっているらしい。

なので、自分達のレベルに合った魔物だけでもと、全員が戦いに赴《おもむ》いた。

「私達も行かないと！」

補助魔法が使えるので、援護をしようと立ち上がるが、イルズさんに引き止められる。

「ルーナちゃんはダメだ。隻眼《せきがん》ベアに狙われている可能性を考えると自殺行為に等しい。すまないがここで待っていてくれ」

「じゃ、じゃあわたしが……」

「フレーレもダメだ。戦えるレベルじゃない。だが負傷者は必ず出るだろうから、ここで回復を優先してくれないか」

役に立てない自分を恨めしく思いながら、私とフレーレは大人しく待つことにする。

「そういえばフィオナは？　あの子のところに行く可能性もあるんじゃないですか？」

「寺院で安静にしてもらっているから問題ない。あそこなら結界があるから、匂いも遮断できるはずだ」

「でしたらルーナも寺院に居たらどうですか？」

フレーレが提案してくれるが、私は首を振る。

「みんなが戦ってるのに、私だけ逃げられないよ。もしかしたら逆に囮《おとり》になれるかもしれないしね？　あ、マジックアップで回復の効果上げておきますね！」

周りに待機している回復魔法を使う人に、マジックアップをかけておく。ないよりはきっとマシなはずだ。

「戻ったぞ！　一体どうしたんだこの騒ぎは！」

ドアを蹴破るようにレイドさんがギルドへ入ってきた。そういえば最近姿が見えないと思ってたけど、どこかへ行ってたのかな？

「レイドか、いいところに戻ってきてくれた！　森の魔物が町へ向かってきている、今から迎撃を始めるところだ」

「森の魔物が……予想とは少し違うが、結果的には一緒になったか。わかった、それなら俺も行ってくるとしよう」

「報告の時に頼んだ例の剣は？」

「……持って帰ってきた。できれば使いたくはないが……」

「そう言わないでくれ。悪いが期待させてもらうぞ『勇者』よ」

「…………」

イルズさんがレイドさんのことを『勇者』と呼んだ後、レイドさんは無言で私の顔を見て、ギルドから立ち去った。

「ふう、これでやる気を出してくれればいいんだけどな……俺も準備するか……リーブルとレイド、俺にマスターが居れば、北の森の魔物はなんとかなるか……？」

イルズさんがぶつぶつとなにかを言いながら、大剣《クレイモア》を担ぎ上げる。普段インテリっぽい受付なのにこのギャップはすごい。

「それじゃ行ってくる」と言い残し、レイドさんの後を追った。

　みんな無事で帰ってきてね……

◆　◇　◆

「くそ！　ここから出しやがれ!!」

「外が騒がしいわね、一体なにがあったのかしら？　教えなさいよ？」

「静かにしろ！　……森の魔物が一斉に町へ襲い掛かってきたらしい。今、ギルドに残っている全員で迎撃に出ているところだ。お前らが中途半端に攻撃したデッドリーベアが関わっている可能性があるらしいぞ」

「ふん、そんなことか……せいぜい頑張ってくれよ？　俺はまだ死にたくないからな」

「早く終わらせてほしいわね、ここから出たらお父様にあんた達が私達にしたことをすべて伝えて、絞ってもらうんだから」

アントンが壁を背に座り込みながら悪態をつき、ディーザがその横に寄り添う。

そこでディーザの言葉を聞いた見張りの冒険者が、二人を怒鳴りつける。

「貴様らがデッドリーベアを傷つけたりしなければ、こんなことにはならなかったんだ！　正直、俺はお前達を餌《えさ》にしてやりたいとさえ思っている！　しかしギルドマスターの顔に泥を塗るわけにはいかないからな。この騒ぎが終わったら、警護団へ引き渡して公平に裁いてもらうから覚悟しておけ！」

そう言うと、また無言で牢屋の前で待機する。

「（そうなるとチャンスはあるか）」

アントン達は急ぎで拘束されたため、魔法を封じる処置などを施されていない牢へ入れられていた。そのためディーザの魔法があれば脱出は可能だったのだ。

とはいえ、牢屋の中では使う前に制圧されるだろう。

見張りは中級レベルの冒険者なので、丸腰のアントンではまず勝てない。

見張りさえいなければ……と、そのチャンスを狙っていたのだ。

「（お父様に連絡が取れれば逃げることができるのに……）」

「（まだ時間はある。隙ができれば……頼むぞ？）」

「（ええ、任せて頂戴）」

懲りない二人が保身のためだけに虎視眈々《こしたんたん》と逃げる計画を立てていた。

ここが人生の明暗を分ける最後のチャンスだったのだが、そのことを二人が知るのはもう少し先の話。

◆◇◆

「怪我人が増えてきたわね……」

「きゅーん……」

ギルドで待機しているが、レベルの低い冒険者の帰還率が目立ってきたように思う。

「あいたたた⁉　もうちょっと優しくしてくれよ」

「大した怪我じゃないわよ！　ほら次の人！」

「つ、次の人どうぞ……！」

回復ができるということで、フレーレも治癒部隊に参加していた。

でもこのままじゃ、いつか犠牲者が出てもおかしくない……

「やっぱり私、行ってくるわ」

「ええ⁉　隻眼《せきがん》ベアが出てきたら危ないですよ！」

「それはあるけど……私が狙われているわけだし、みんなに補助魔法をかけてあげれば、少しは力になれるんじゃないかと思って。それに怪我をしている人がこれ以上増えるのも見たくないしね！　じゃあチビちゃん達を頼むわね！」

「あ！　ルーナ！」

ギルドを飛び出し、私は迷わず西の門へ向かって駆ける。

走りながら町の様子を見ると、本来ならまだ活気のある時間帯だが外には誰も出ていなかった。ギルド職員があちこちで帰宅を促しているようだった。

町はまだ無事かと安堵しつつ、ほどなくして目的の場所へ到着する。

「西の門が見えた！」

イルズさんにはギルドに居るよう言われたが、隻眼《せきがん》ベアが私を狙っているなら一か所に留まるのは良くないと思ったのだ。

万が一、防衛網を抜けた隻眼《せきがん》ベアがギルドへ押し入ってきた場合、回復魔法がメインの冒険者と負傷者では太刀打ちができない。その辺りを考えても、戦闘に参加したほうが有利になるはずと考えたのだ。

「……まあ、怒られるだろうけど……」

イルズさんの怒りの顔を思い浮かべてブルっと体が震える。

最悪、私がやられている間に後ろからバッサリやってもらうこともできるから、私の利用価値は結構あると思うんだよね……怖いけど。

メインの門は閉じられているが、横にある緊急避難用として設置された勝手口のような扉を抜ける。すると門前で、ギルドでメンバーを探していた時に私を断ったパーティが〝クレイジーフォックス〟と対峙していた。

「くううう！　俺達じゃキツイか⁉」

「リーダー⁉」

剣に噛みつかれて押し合いになっているリーダーと呼ばれた人へ、私は補助魔法をかける。

魔力はまだある、今は出し惜しみなしだ！

「《パワフル・オブ・ベヒモス》！　《ドラゴニックアーマー》！　《フェンリルアクセラレート》！」

「お？　おお⁉」

押し合いになっていたリーダーの剣が、フォックスの顔をたやすく切断する。

クレイジーフォックスが悲鳴をあげながら暴れるも、そのまま剣を振り抜かれて上顎《うわあご》と下顎《したあご》はお別れをする羽目になった。

キュオォォォォン……

倒れたフォックスの脳天へ剣を突き刺し、絶命を確認した冒険者が息をついた。

「助かったよ。しかし、すごい魔法だな……」

「一応、上級魔法をかけましたので一時間は持続します。他の人にもかけないといけないので、リーダーさんだけですけど……」

「いや、十分だよ。まったく歯が立たなかったクレイジーフォックスを相手にこんな簡単に勝てるなら、俺を軸にして戦略を立てるさ。君も気を付けて！」

彼はもう一度ありがとうと言い、次の標的と戦うため態勢を立て直していた。このパーティは西の門を防衛しているらしい。

私は次のパーティを探すため、再び走り出す。

「やっぱり冒険者の数より魔物の数が多いのね……しかも北の森から抜けてきている強力な魔物が」

先ほどのクレイジーフォックスも北の森で見かける魔物である。私は戦ったことがないけど、デッドリーベアとは対称的に、素早さを活かした多角的な攻撃をしてくる厄介な相手だ。足が速いので、前のほうに出ている冒険者を躱《かわ》してここまできたのだと思う。

これは急がないと町に侵入する魔物も出てくるかも……

「次はあそこね！」

私は次々と、戦闘中のパーティに補助魔法をかけまくった。

「これで力負けはしないと思います！」

「ありがとうルーナちゃん！　魔物の勢いも減ってきたし、これなら大丈夫よ！　それにしても本当にすごいわね、補助魔法……今度一時的にでもいいからパーティに入ってよ！」

女性冒険者のパーティがそう言ってくれ、私は笑顔で手を振り、その場を離れた。

「これ以上は流石《さすが》に進めないかな……」

西の門付近で戦っていた冒険者のリーダー達には、ほとんど補助ができたと思う。まだ遠くで戦っている人はいるけど、町から離れすぎて他の冒険者のフォローがないまま、私が襲われては意味がない。一度町に戻って北や東で戦っている人達の援護に向かおうと思い、踵《きびす》を返した。

そして、西の門が見えたところで、急に後ろから声をかけられた。

「ルーナちゃんか⁉　外に出るなと言われただろう！」

「レ、レイドさん⁉」

いつの間にか西の門付近にレイドさんが立っていた。驚いたような顔で、こちらに歩いてくる。

「説明は……いいか、今はそれどころじゃない。狙われているのがわかっているだろうに……」

「い、いやあ、私の補助魔法でみんなを助けられたらと思って……あ、レイドさんにもかけておきますね！」

「いや、俺は……（⁉　な、なんだこれは……）」

「レイドさんは強いからあまり意味がないかもしれませんけど、どうぞ！」

「（意味がない？　そんなわけあるか……魔法がかかった瞬間、全身から力が漲《みなぎ》ってきたぞ！　この力があればあの時、魔王も……）」

「レイドさん？」

「うわ⁉　な、なんだい⁉　そ、そうだ早く町に戻らないと！」

なぜか急にぼーっとしてしまったレイドさんに声をかけると、彼は飛び上がって返事をし、いきなり私の手を取って急ぎ足で歩き出した。

「さ、ルーナちゃんは町の中へ戻るんだ。まだ隻眼《せきがん》ベアを倒した報告は受けていないしな」

結局レイドさんが私の手を引っ張りながら歩き続け、途中、魔物を蹴散らしながら西の門へと到着した。

「ありがとうございました！　町に戻って待機しておきますね」

と、お礼を言った時、さっきは見かけなかったパーティの一団が姿を現す。

「おお、レイドさんか⁉　女の子と手を繋いで歩いているたぁ、珍しいもんを見たぜ！なあ？」

リーダーっぽい男性が私達を指さしながら本気で驚いた顔をしていた。視線の先は私達の手だった。それに気づいたレイドさんが慌てて手を放し、咳払いをする。

「ごほん！　ん、んん！　クラウス、戻っていたんだな」

「カッ、ギルドマスター自《みずか》ら招集をかけるたぁ、ただごとじゃねぇからな。急いで戻ったぜ。で、そっちの子は？　レイドさんもついにパーティを？」

私を見て、クラウスと呼ばれた黒衣の剣士がレイドさんに尋ねる。私はこの人達をギルドで見たことないけど……

「私、ルーナって言います。今、レイドさんに助けられて町へ戻るところなんです」

すると、クラウスさんが顎《あご》に手を当てて首をかしげながら、私の目を見て言う。

「ルーナ……？　ってぇことはお前さんが、イルズの言っていた隻眼《せきがん》ベアに狙われてい
るって子か！　なるほどかわいいじゃねぇか、熊野郎も襲いたくなるか」
か、かわいいって……緊張感がない人だなあ。
「茶化すな。お前達はどこから来たんだ？」
「東の門からぐるっと回ってきた。大型の魔物はあらかた片づけたから、向こうはほぼ
制圧できたんじゃねぇかな。例の隻眼《せきがん》ベアは見てねぇがな」
それだけ言うと、クラウスさんは隻眼《せきがん》ベアを捜すんだ、と別の場所へ移動を始めた。
まだ魔力が残っていたので、念のため補助魔法をかけたら「こりゃすげぇ、終わったら
デートしてくれ！」と言われたが、聞こえなかったことにした。

それにしてもまだ出てきていないんだ……他の魔物を倒しても、あの隻眼《せきがん》ベアを倒さ
ないと、この悪夢は終わらない気がする。
それでも魔物の数は減ってきたみたいだし、とりあえずは良かったの、かな？
「やっぱり私、町に居ないほうが……」
私が言いかけると、レイドさんは私の言葉を遮《さえぎ》って言ってきた。
「ルーナちゃんが狙われているのはわかっているし、それで気が気でないことも理解し

ている。そうだな、俺も一緒に戻るよ。町に被害を出さないようにしたかったんだろ？　だからなにかあってもいいように、俺が傍に居よう。ルーナちゃんが犠牲になることはないんだ。そいつが現れればこの剣を使う、これは……」

レイドさんがそんなことを言いながら、町へ入るために勝手口を開けようとしたその時、それは起こった！

第五章

グオォォォォォオン！

「え!?　隻眼《せきがん》ベア!?」

扉に手をかけたその時、すぐ近くで咆哮《ほうこう》が聞こえたので振り向くと、隻眼《せきがん》ベアがすごい勢いでこっちへ向かってきていた！

「このタイミングで!?　ルーナちゃんの匂いを嗅ぎつけてきたのか？　でもちょうどいい、早く町の中へ！　ここで俺が始末する！」

レイドさんがいつも使っているのとは違う剣を抜くと、その剣は淡い青色の光を放っていた。

「わ、私も戦いますよ！　もし町に入られたら危ないじゃないですか⁉」

「扉を閉めればそう簡単には入れん、急ぐんだ！」

「え、ええー……⁉」

私の身長より少し高いくらいの扉をレイドさんに押されてぐらされ、扉が閉じられた。

「どこに逃げよう……匂いで追いかけてきたなら遠くへ行ったほうがいいのかしら……」

町の奥へ走りながらどこへ逃げるか逡巡《しゅんじゅん》していると、レイドさんが叫んでいる声が後ろから聞こえてきた。

「俺ごと扉を壊すつもりかこいつ！　うおお⁉」

バガァァァァアン！

「え……？」

轟音《ごうおん》がしたほうを見ると、ベアが扉どころか壁を崩し、町の中へ侵入していた。

グオォォォォォ！

ひときわ大きな咆哮《ほうこう》をあげて私を見るベアの足元で、レイドさんが瓦礫《がれき》の下敷きになっていた。

◆
◇
◆

バガァァァァァン！

ギルドに居た冒険者達が凄まじい轟音《ごうおん》を聞く。

「な、なんだ⁉」

「に、西の門の方向だぞ……？　まさか……」

「門が破られたというの……」

音を聞いた負傷者や冒険者達がざわつき始める。戦況がどうなっているかわからない
この場所では、不安が募るのも無理はない。

もちろんそれは地下に居たアントン達にも聞こえていた。

「い、今の音は……⁉　おい、ここは大丈夫なんだろうな⁉」

「地下ならそう見つかることはあるまい……もし町に魔物が来ていたとしても、な」

「そんなのわからないじゃない⁉　ここから出しなさいよ‼」

アントンとディーザが見張りの冒険者に食ってかかるが、蔑《さげす》んだ目を向けて冒険者は

言う。

「そんなことができるわけがないだろう？　もしここで襲われるようなら、運がなかったと思って諦めるんだな」

見張りはこの二人の言い草に辟易《へきえき》していた。むしろこの二人を襲ってほしいとさえ思うほどに。

なぜこいつらはここまで自分が偉いと思えるのだろう？　自分達のしたことの重大さを考えることもなく、この不遜な態度は大いに腹立たしく感じていた。

すると、ここで二人に転機が訪れる。良いか、悪いかは別として。

上から冒険者が一人、見張りに声をかけてきたのだ。

「どうも西の門の雲行きが怪しい。様子を見てくるから、ギルドの防衛を頼めるか？いくつかのパーティが門の外の防衛に戻るから、町中の守りが少ないんだ」

「しかしこいつらを……」

「気持ちはわかるが今は緊急事態だ。もし逃げたとしても、顔と名前は割れているから指名手配できる。むしろそっちのほうが……」

下りてきた冒険者が喋りすぎたと口をつぐみ、見張りと一緒に地下から出ていく。

会話はきちんと聞こえなかったが、地下から人が居なくなったことがわかったアントン達は行動を開始する。

「……おい、誰か居ないのか？」

「どうやら誰もいなくなったみたいね」

「そのようだな、なら行くか……」

「《アクア・カッター》」

ディーザの水魔法で、牢屋の檻がスパスパと切れていき、あっという間に一人分の隙間ができていた。

「お前の実家に向かえばいいのか？」

「ええ、しばらく匿《かくま》ってもらった後、別の町へ行くのもいいわね……」

静かに階段を上り、一階へ続く扉を開けるとギルド内がバタバタしていた。

町へぞろぞろと出ていく冒険者を尻目にアントンが呟く。

「ふん……ご苦労なこった……人が居ない裏口から出るぞ」

身をかがめて裏口から出ていく二人。しかし、ちょうどそれを見ていた人物が居た。

「（あ、あれはアントンとディーザ……⁉　な、なんで牢屋から出ているんですか⁉

このままでは逃げられてしまいます……よし！）」

フレーレが二人の追跡を始めるのだった。

◆
◇
◆

「ゆ、油断した！　まさか俺ごと扉をぶち抜いて、外壁を破壊するとは⁉　くそ……足が挟まったか！　ルーナちゃん‼　北の門へ向かって逃げるんだ！　北側にはギルドマスターがいるはずだからそっちへおびき寄せるんだ！　うぐ……」

声は聞こえるけど、夜ということもあり姿は見えない。だが、隻眼《せきがん》ベアの渾身《こんしん》の攻撃を受けたレイドさんは当たりどころが悪かったのか、小さく呻《うめ》いていた。

レイドさんの様子も気になるけど、ベアが四つん這いになって走る体勢に変えたのを確認した私は急いで北へ向かう。

「う、うん！　レイドさん！　死なないでね！」

動けないレイドさんには目もくれず、ベアは一直線に私へ向かって走ってくる。追いつかれたらきっと、ぐしゃぐしゃのぐちゃぐちゃのただの肉塊に変わり果てるだろうことは明白だ。

「大通りから逃げれば……！」

町の人へは今回の件を知らせており、夜は外に出ないよう通達が出ていた。

それでも確実とは言えないので、お店が閉まり、夜は閑散となる大通りから逃げることにした。

隻眼《せきがん》ベアは涎《よだれ》を垂らしながら猛スピードで追ってくる。《フェンリルアクセラレート》を使っているが、私自身の身体能力がそこまで高くないため、引き離すことができずにいた。

もう諦めてよ……！　私は美味しくないよ！

「はあ、はあ……もう少し……」

町の地形は把握しているので、北の門まであと一息というところまで来ていた。しかしその時、建物の陰から出てきたなにかにぶつかり、私は転んでしまった。

「あう⁉　な、なに⁉」

「いってぇな⁉　誰だ！」

「あ、あなたルーナ⁉　なんでここに⁉」

「え⁉　あ、アントンにディーザ⁉　あなた達こそなんでこんなところに⁉」

地下牢に連れていかれた二人がどうしてここにと問い詰めたかったが、後方から聞こえてくる咆哮《ほうこう》を聞き、アントンが叫んだ。

「あ、あれはデッドリーベアじゃねぇか⁉　まさかお前を追ってきたのか⁉」

「そうだった！　は、早く北の門へ行かないと！」

私は立ち上がり、駆け出そうとしたところで、不意に手を引っ張られて尻餅をついた。

「あ、あんただけ逃げようったってそうはいかないわよ！」

私を引き倒した代わりにディーザが立ち上がり、アントンの手を引いていた。

「なにするのよ……！」

もう一度立ち上がろうとすると、今度はアントンに押されて転んでしまう。なんなのよ⁉

「お、お前が狙われているんだろ？　俺達が逃げる間にお前が襲われていれば時間稼ぎになるからな！」

こ、こいつらは……！　仲間を見捨てただけでなく、今度は私を囮《おとり》にして逃げるつもりなの！

グオォォォオン！

「い、いけない……隻眼《せきがん》ベアが……痛っ⁉」

しまった……⁉　転んだ時に足を捻った⁉

「ふ、ふふ、足を怪我したのかしら？　アントン、今の内に逃げましょう！」

「ああ、じゃあなルーナ。頑張って足止めを頼むぞ！」

アントン達は走り出そうとしたが、その道を塞ぐ人影が現れた。

今度は誰よ、早くしないと隻眼《せきがん》ベアが来てしまうのに！

「逃がしませんよ！　どうやって牢屋から出たかわかりませんが、ギルドへ戻ってもらいます！」

「フレーレ⁉」

現れたのはギルドで冒険者を回復させているはずのフレーレだった。かなり走ってきたのか、息を切らしながらもアントンとディーザの行く手を阻んでいる。

「チッ！　なにしに来やがった？　……ああ、お前も一緒に逃げたいってんだな？　お前も俺のこと好きだったもんなぁ」

「あなたも共犯ですものね、いいわ、一緒に逃げることを許してあげます」

その言葉を聞いたフレーレがまたも叫ぶ。

「なにを寝ぼけたことを言っているんですか！　今もルーナを見捨てて逃げようとしましたね！　冒険者……いえ、人間として許しておけません！　あなた達、そしてわたしは相応の罰を受けないといけないんです！」

フレーレが今まで見たことない剣幕で怒っていた。思わずアントン達は怯む。

しかし、事態はそれどころではなくなっていた。

ガルゥオォォォォォォン‼

隻眼《せきがん》ベアが私のすぐ後ろに来ていたのだ。

「あ……！」

ベアの剛腕が私へ振り下ろされる。

ダメだ、この足じゃ避けられない！

「ルーナ⁉　ダメぇぇぇぇ‼」

フレーレが私に覆いかぶさるように飛び込み、そしてその背中にベアの剛腕が振り下ろされた。

「きゃあああああああああぁぁぁぁ⁉」

フレーレの悲鳴が夜の町に響き渡る。

白いローブを真っ赤に染めて、フレーレは意識を失った。

「フレーレ！　フレーレ！」

抱きかかえたフレーレの背中を触ると、生温《なまぬる》い鮮血がべったりと手につく。

ベアが、その腕についた血を舐めながら、私達に威嚇《いかく》の咆哮《ほうこう》をあげる。

「あ、ああ……」

補助魔法のかかっていないアントンとディーザはベアの咆哮《ほうこう》をまともに受けて腰を抜かし、動くことができなくなった。

私はフレーレの背中から流れ出る血と、アントン達、そしてベアをどこか他人事のように見ていた。

トドメを刺すつもりなのか、ベアがゆっくりと両腕を広げる。なぜかスローモーションがかかったようにゆっくりした動きに見えた。

ああ、ここで死んじゃうんだ……ごめんねお父さん、もう仕送りできそうにないよ……

あの時みたい……今度は本当に死んじゃうんだ私……

……あれ？　あの時ってなんだっけ……？　死ぬ時には昔の思い出を見るって言うけど……

「う、う……」

私がなにかを思い出しかけたその時、フレーレが呻《うめ》き声をあげ、ようやく私は我に返る。

そうだフレーレ！　まだ生きてる!!　このまま死なせるもんですか!!

私は最後の切り札を使う決意を固めた！

「《デッド・エンド》……！」


魔法を使った瞬間、私の体に恐ろしい力が湧き起こり、限界を超えた体が悲鳴をあげる。

直後、隻眼《せきがん》ベアから振り下ろされた両手を、私は素手で受け止めていた。

「でぇぇぇぇい‼」

そのままベアを投げ飛ばすと、地響きを立てて地面に落下した。

ガオォォォォォン⁉

ベアは驚愕した叫び声をあげて転がり回る。

私がフレーレを寝かせていると、咆哮《ほうこう》と衝撃音を聞きつけて、冒険者が何人か集まってきてくれた。

「うわ！　デ、デッドリーベアか⁉」

「で、でけえ！　なに食ったらああなるんだ⁉」

「それよりも救援だ！　急げ！」

倒れたベアを見て彼らは驚愕していた。通常より一回りは大きいので当然だと思う。

しかしそれでも冒険者達は駆けつけてくれた。

「そこに倒れている子の治療をお願いします！　それとそこにいる二人も確保して！」

「え⁉　あ、ああ……こりゃひでぇ⁉　おいミケロ、この子をギルドへ連れていけ！

シルキーなら《復活》《リザレクション》が使えたろう！」

「わかった！　じゃあそっちの二人は任せる！」

「おう！　って……貴様らはアントンとディーザか⁉　脱獄していたとは救いようのない馬鹿だな。ここまでしでかしてはタダでは済まん。もう逃げられんし、逃がさんぞ？」

「あ……ああ……⁉」

「ち、違うの‼　私はアントンに唆《そそのか》されて……！」

咆哮《ほうこう》を受けてショック状態の二人はあっさりと捕縛された。

これで後は……‼


グルオォォォォン‼

隻眼《せきがん》ベアが立ち上がり、私を睨みつける。警戒しているのか、迂闊《うかつ》に飛び込んではこない。

「頭から落ちたのに流石《さすが》にタフね……」

「ルーナちゃんも逃げるんだ！　……その髪は……⁉」

「あいつの狙いは私なんです。だからここで食い止めます！　できれば救援を呼んできてください！」

アントン達を捕縛した冒険者の一人が私の髪を見て驚くが、そこには触れず、救援を呼んできてもらうことだけを告げる。ゴクリと唾を呑み込んで「わ、わかった！」と二人を連れて駆け出した。

《デッド・エンド》

私の使える補助魔法の中で、最上級かつ最低な魔法で、別名『女神の抱擁《ほうよう》』。

使うと身体能力すべてが飛躍的に上昇し、レベルの低い私でも隻眼《せきがん》ベアを余裕で投げ飛ばすくらいの力を得る。

もちろん素早さも体力も常人とはかけ離れた状態になり、上級魔法である《パワフル・オブ・ベヒモス》などよりも能力が上昇する。

そんなにすごい魔法ならすぐ使えばいいと思う。だけど、最低と言わしめる理由が、おいそれと使えないところにある。

まず、効果時間はたったの五分。この時間を過ぎると、私は非戦闘の恩恵を受けた人と同じレベルにまで身体能力が下がってしまう。

次に魔力。どんなに少ない魔力でも発動できるが『現在持っている魔力をすべて使う』という条件があり、魔力が満タンでも使った瞬間に0にされる。効果が解けた後すぐには回復しない。

そして、この魔法は私にしか使うことができない。

効果時間のバロメーターは私の髪で、前髪から徐々に白くなっていき、後ろ髪の毛先まで白くなってしまうと、時間切れの合図なのだ。

例えば森の中で隻眼《せきがん》ベア相手に使って、トドメを刺したとしても、帰るまでに別の魔物に襲われれば確実にやられてしまうため、気安く使うことはできない。

最初に使ったのは十年前で……十年前……？　なんで使ったんだっけ？　う、頭が痛い……。

……ううん、今はそれどころじゃない。

私はバッグから『レイジング・ムーン』という一張の弓を取り出す。

普段の私には固すぎて引けないが、今なら軽々と引ける。

そして私の手持ちの武器では最強の威力を誇る。

旅立つ時お父さんがくれたもので、お守り代わりだと言っていたけど、本当にそうなるなんてね……


「こっちよ！」

北の門へ向かいながら、矢をつがえる。

私の足の速さはさっきまでと違い、ベアを完全に引き離していた。

捻ったところも魔法を使った時点で痛みを感じず、走ることにまったく支障はなかった。

やがて北の門まで辿り着き、門を背にして叫ぶ。

「誰か!!　近くに居たら町へお願いします！　ベアが町に入り込んでいます!!」

繰り返し叫びながら、私は弓を引き絞る。今の声を誰かが気づいてくれれば、私がやられてもなんとかなるはずだ。

そして狙いは……隻眼《せきがん》ベアの眉間……！

ガオォォォォン！

かなり遠いがベアは見えているのだろうか？　姿勢を低くしたのがわかった。

さらに弓という武器を知っているのか、体を左右に振りながら的を絞らせないように
ジグザグに走ってくる！

「狙いが定まらない⁉」

こいつ、かなり賢い……！　焦る私の髪もだいぶ白くなり、タイムリミットが近いこ
とを告げていた。

ここで外せば後がない……

一か八かで矢を放とうとしたその瞬間、通りから隻眼《せきがん》ベアに襲い掛かる影があった！

「レジナ⁉　それにシルバとシロップ！」

影はさっき名前をつけた母狼のレジナだった。唸り声をあげてベアの鼻骨へ噛みつ
いた！

さらにいつからついてきていたのか、チビちゃん二匹も右足と左足にそれぞれ必死に
噛みついている。

「ガウゥゥ、ゥ！」

「きゅーん！」

「きゅきゅーん！」

激しく噛みつくレジナの猛攻により、ベアの顔から血が溢れ出す。

しかしベアはこれくらいでは止まらなかった。レジナを叩き落とし、シルバとシロップを振り解く。

「きゃいん！」

「きゅ⁉」

「きゅきゅぅぅん……」

そうして四つん這いになり再度走り出そうとするが、この狼親子の足止めがベアの運命を決めた。

後ろから追いついた人物が叫び声と共に、ベアの背中から剣を刺し貫いて地面へ縫いつける。四つん這いになったせいで、上に乗られる形になったのだ！

「行かせるかぁぁぁぁ‼」

ギャオォォォォ⁉

隻眼《せきがん》ベアの背中にまたがり、刺し貫いた剣に力を込めるその人は……

「レイドさん！」

「ルーナちゃんやれ！　今がチャンスだ‼」

もう時間がない、ここで決める！

「ごめんね……人の味を知ったあなたを生かしておくわけにはいかないの！」

限界まで引き絞った弦から矢が放たれる。

「いっけぇぇぇぇぇ！　必殺！『シューティング・スター』！」

月明かりを受けた矢は一筋の光となり、もがく隻眼《せきがん》ベアへと飛んでいく。そして、その眉間に吸い込まれるように矢が煌《きら》めき……


ドッ……！

ひとつのブレもなくベアの眉間を貫通！　矢尻が頭の後ろに飛び出たところで停止する。
グ、グォ！　ガハァ!?
頭から血しぶき、口から血と唾液をまき散らしながら暴れるベア。

「やったか!?」

剣から手を離し、暴れるベアの背中から飛び下りて様子を窺《うかが》うレイドさん。

万が一に備え、もう一本の剣に手をかけたところでベアが痙攣《けいれん》し、そして……

ガオオオオオオォォォォォン……！


夜の闇に咆哮《ほうこう》にも似た断末魔の叫びが響く。

しばらくもがいていた隻眼《せきがん》ベアの目からふっと光が消えて、前のめりに倒れた。

頭から放射状に血が流れビクンビクンと震えていたが、その内動かなくなった。

「や、やった……？　やったぁ!!　う……」

完全に髪が真っ白になってしまった私は、《デッド・エンド》の効果が切れたと同時に、膝から崩れ落ち、両手を地面につける。

「きゅーん！」

「きゅきゅん！」

心配してくれたのか、シルバとシロップが寄ってきて手をぺろぺろと舐めてくれた。

毛がぼさぼさになっているけど子狼達に怪我はないみたいね。

後から続いてきたレジナも額から血を流しているが、足取りはしっかりしているので大事には至ってないようだ。

良かった……

それを見て安心した私はそのまま大の字に寝ころぶ。

「良かった……終わった……！」

「わふ」

ずるずる……

レジナが私の襟首を咥《くわ》えてどこかへ連れていこうとする。

ちょ、ちょっと⁉　自分で歩けるからね⁉

起き上がってレジナを撫でていると、レイドさんがベアから剣を抜いてこっちに歩いてくるのが見えた。

「間に合って良かった……痛いところはないかい？」

「はい！　レイドさんとこの子達が居なかったら今頃生きていなかったかもです！　ありがとうございます！」

「……その髪は？」

「あ、ええっと……私の補助魔法、といっても自分にしかかけられないんですけど、それを使った影響というかなんというか……だ、大丈夫です！　前にも使ったことがあるんですけど、二週間くらいで元の黒髪に戻りましたから。ただ、黒髪に戻るまでまったく魔法が使えなくなるので不便なんですけどね……」

「詳しく聞いていいかい？　ごめんね、気にしていたら悪いんだけど……」

レイドさんが私になにかを尋ねようとしたところで、北の門が開き冒険者達が雪崩《なだ》れ込んでくる。

「ルーナちゃん無事か⁉　隻眼《せきがん》ベアはどこだ！」

「ギルドマスターよぅ、もう歳なんだから無理すんなって」

「なんだと⁉　僕を年寄り呼ばわりするのか⁉」

やってきたのはファロスさんと、クラウスさんのパーティだった。

私達に気づき走ってくる。そしてクラウスさんがベアの死体を見て驚いていた。

「こいつが隻眼《せきがん》ベアか⁉　でけぇな……というか倒したんだな……やるじゃねぇかレイドさん、ルーナちゃん！」

座り込んでいる私の頭を撫で始めたクラウスさんに困惑していると、狼親子がクラウスさんに吠えつく。

「ガルゥ！」

「きゅん！　きゅん！」

「きゅーん！」

「おう⁉　なんでぇ、別になにもしてねぇだろ⁉」

レジナに追い回されているクラウスさんに苦笑しながら、レイドさんがファロスさんへ状況を確認していた。

「ギルドマスター、外の様子は？」

「そういえば、外はかなり静かになったような……」

「魔物の姿を見なくなってきたから外はもう大丈夫だろう。森へ帰る魔物もいたし、北の森の魔物も僕達がかなり倒したしな。ルーナちゃんの声が聞こえたから他の冒険者に任せてこっちに来たんだが、無事で良かったよ」

「後で素材を拾いに行って、冒険者達に還元しないとな！」

逃げるのを諦めたのか、足を噛まれながらこっちへ来て会話に参加するクラウスさん。この人も良く見ればかなり返り血を浴びている。

しばらく雑談をしていると、フレーレを連れていってくれた冒険者が戻ってきた。

ファロスさんがその冒険者に指示をする。

「すまないが、僕達はギルドへ戻る。このベアを解体できる者を呼んでくるから少し待っていてくれないか」

「はい！　喜んで！　あ、それとギルドマスター、アントンとディーザが先ほど脱走したんですが、再度身柄を確保しましたので、できればそちらの処遇を先にお願いします」

そういえば連れていかれてたっけ……フレーレの容体も気になるし、私も戻らないと。

「それじゃ、戻るとするか」

レイドさんの言葉に頷きその場から離れる。隻眼《せきがん》ベアの脅威は、これで終わったのだ。

レイドさんに肩を借りてギルドへ戻り、ファロスさんが残っていた冒険者達へベアの死亡を告げると、歓喜の声があがった。

じきに戻ってくるだろうイルズさん達を含めてお腹が空いているだろうと、何人かが炊き出しの用意を始めていた。

だが、そんな中で、開き直ったアントンとディーザが悪態をつく。

「もう隻眼《せきがん》ベアは死んだんだろ？　なら御咎めなしでいいじゃねぇか。そっちのルーナは俺のパーティにも居たことがあるんだから、俺達だって表彰されてもいいぐらいだぜ」

「そうね。元パーティメンバーとして、拘束は解いてほしいわね？」

勝手なことをペラペラと……私を追い出したのはそっちじゃない！

「なにを言っているんだお前達は？　ルーナちゃんは正式にパーティを抜けているし、デッドリーベアを手負いにしたのはお前達のパーティだ。それは自分達で白状したことだし、フレーレの証言も取れるだろう。処罰はあれど恩赦《おんしゃ》なぞ出るわけがなかろう？」

ファロスさんに睨まれ、少し怯むがそれでも二人の言葉は止まらない。

「俺は勇者だぞ！　魔王がまた現れた時に戦う必要があるんだろうが！　そ、それを罰するってのか！」

「誰かお父様を呼んできてくださらないかしら？　この扱いが不当であると教えてあげます！」

いい加減、私も頭に来ていた。こいつらのせいで隻眼《せきがん》ベアは人を襲うようになったし、そのせいでフレーレとフィオナは重傷を負った。こんな言い草が許されるはずがない！

「あんた達……！」

私が口を開きかけたその時、レイドさんがアントンを殴りつけた。

「なにが勇者だ！　聞いていれば自分達のことばかり！　お前達は仲間を置いて逃げたそうだな？　そしてさっきもルーナちゃんを囮《おとり》にして逃げようとしたと聞いている。勇者はパーティの剣であり盾だ。それが真っ先に逃げてなんとする！」

「ふざけるな！　そんなことをしてたらすぐに死んじまうだろうが！　お、お前だって仲間が全滅したって聞いたことがあるぞ？　それなのに生きているじゃねぇか！　お前も仲間を置いて逃げたんだろうがよ！」

アントンがレイドさんに向かって酷いことを言う。確かにそういう噂はあったけど、今の言い方はあんまりだ。

「ちょっとそれは……！」

アントンに詰め寄ろうとしたところで、アントンがまたレイドさんに殴られた。

また先を越された……

「ああ、俺は生き残ったさ！　勇者の加護と妹のおかげでな……！　簡単に仲間を見捨てて逃げるお前にわかるか？　一人、また一人と死んでいく仲間を見ていることしかできない、自分の情けなさを！」

人目も憚《はばか》らず、涙を流しながらアントンに叫ぶレイドさん。その時、ファロスさんが横から口を挟む。

「……十年前、レイドパーティには彼の妹も居たんだよ。『賢者』の恩恵を受けて一緒に旅をしていたんだよな……」

いつの間にか戻ってきていたイルズさんも続けて話をする。

「魔王との戦いで、まったく歯が立たなかったレイドのパーティは壊滅。妹のセイラが死ぬ間際に転移魔法でレイドを逃がしたそうだよ。転移される中でレイドが最後に見たセイラは『《デッド・エンド》』と呟いて魔王に飛び掛かるところだったそうだ。レイドは妹を……仲間を守れなかったと悔やんでいたよ」

え⁉　妹さんも《デッド・エンド》が使えたんだ！　だから私になにか聞きたかったのかな？　でも死ぬ間際で飛び掛かるって……よく考えたらこの魔法、普段使えないから、どういうものなのかよく知らない。使える人が他にいるかどうかがわからないし、まさに切り札なので性質上ペラペラと他人に喋るわけにもいかないのだ。

それにしても十年前か……私もその頃に使ったのをさっき思い出したけど、偶然ってあるんだなあ。

そんなことを考えていると、ファロスさんがアントン達の前に立ち、告げる。

「アントンにディーザ。君達は冒険者という以前に、人間としてやってはいけないことをした。それは裁かれなければならない。処遇は明日にでも決める……死ぬようなことだけはないだろうから安心していい……警護団へ連れていくぞ」

冒険者がアントンとディーザの脇に立ち、後ろにファロスさんがつく形で移動を始める。

「い、いやだあ‼　なんで俺がこんな目に！」

「ま、待って！　お金……お金ならあるから……！」

なおも食い下がろうとする二人がギルドの扉を出たその時、悲劇が起きた。

ドチュ……！


「え？」

そう言ったのは誰だったのだろうか？

闇の中、突然建物の陰から現れた凶刃がアントンの腹部へ刺さり、シャツから血が滲《にじ》み始めていた。

「よくも……よくもアタシを見捨てて逃げたな⁉　痛かった……怖かったんだぞ！　お前達も同じ目にあわせてやる！」

その言葉と共に人影が、今度はディーザへと襲い掛かる！

「いやあああ⁉」

突然の出来事にその場に居た全員が一瞬固まる。しかし、すぐにハッとして止めに入る。

「は、早く押さえ込め！」

冒険者達が叫んだその時、月明かりが襲い掛かる人物の顔を照らす。

「お前もだ！　お前もアタシと同じ苦しみを味わえええぇぇぇぇ！」

寺院に運ばれたはずのフィオナだった！

オーガのような形相で、ディーザに馬乗りになり、顔や庇《かば》う腕を滅多切りにしていた。

「アントンの傷が深いぞ！　誰か回復魔法を……」

「フィオナ！　そんなことをしなくてもこいつらはどうせ……！」

「くっ！　ち、力が強い……！　は、離れるんだ！」

「あああああ！」

その後、数名の冒険者が取り押さえることで、ようやくフィオナは拘束された。

最初に刺されたアントンは意識不明。ディーザはかろうじて意識を保っていたが出血が酷く、すぐに寺院へと運び込まれた。

そして……

◆　◇　◆

——惨劇の夜から一週間が経ち、町も近隣の森も落ち着きを取り戻していた。

私の髪も徐々に黒くなり、今は首から上は黒で、それ以外は白という半々な状態になっている。

完全に黒髪になるまで魔法が使えないため、冒険者稼業はお休みして、私はおかみさんのところでアルバイトの日々を過ごしていた。魔法で加速はできないし、体力も普通だからきついけど、お金は稼がないとね！


そうそう、あの日重傷を負ったアントンとディーザはなんとか一命を取り留めた。

シルキーさんという《復活《リザレクション》》を使える人がギルドに居たおかげで、応急処置が間に合い、今は寺院で治療が施されている。

ただし、治療が終わればアントンは犯罪奴隷として強制労働施設の鉱山へ行くことが決定。この施設は反省が見られても十五年は出てくることができないので、女好きのアントンには地獄だろう。だが自業自得なので仕方ない。

勇者の恩恵はなくならないし『どの能力も伸ばすことが可能』なため、きっと鉱山に必要な能力を手に入れるに違いない。


また、ディーザはなにかと口にしていた実家へ戻ることになった。

最初、知らせを聞いて駆けつけてきた『お父様』は憤慨していたが、ことの経緯とファロスさんの剣幕に青ざめ、すごすごとディーザを連れて帰っていった。いかに権力者であろうと人道的かどうかの判断はできたらしい。

なお、ディーザは顔を何針も縫うことになったせいか放心状態が続き、感情があまり出なくなってしまったそうだ。もう冒険者としてやっていくことは不可能だろうとみんなは言う。お金の力で犯罪奴隷にならなかったのは引き渡し先の警護団といろいろと揉めたようだけど。


冒険者として活動が不可能になったと言えばフィオナも同様だった。

あの時は感情をむき出しにして二人を襲ったが、その後は憑きものが落ちたみたいに大人しくなり、ベッドでボーっとしている日々を送っているらしい。犯罪奴隷になるかどうかは情状酌量《じょうじょうしゃくりょう》の余地があるとして、検討中だとイルズさんから聞いた。

そして私を庇《かば》って重傷を負ったフレーレは——


「こんにちはー……」

「いらっしゃい、今日もランチ？　生姜焼きがオススメよ？」

「また生姜焼きですか⁉　ルーナは自分が好きだからって生姜焼きを推しすぎですよ⁉」

フレーレもまた、一命を取り留めていた。

やはりシルキーさんの《復活》《リザレクション》が良かったのと、フレーレ自身の自然治癒能力が高かったので、傷は深かったものの治りはあの二人より早かった。

騒動を起こしたパーティの一人なので、ビショップの資格を剥奪され、今は従者《アコライト》として寺院でまた一から出直している。

自分達のしたことをきちんとギルドに報告し、私を庇《かば》って怪我をしたり、町が脅威になった時にギルドで回復魔法をかけ続けたりなどの行動が認められて少し罪が軽くなり、強制労働施設送りや犯罪奴隷にまで落ちることはなかったが、降格と罰金はかなり痛い処罰となった。

「そういえば背中の傷、残るみたいね……」

「……いいんですよ、アントン達を止められなかった罰ですから。あの時ちゃんと止めていれば、こんなことにはならなかったと思いますすしね。ルーナを追い出したりもしましたし……この傷は戒《いまし》めのために残るべきものなのかなと」

なぜかどんな魔法をかけてもフレーレの傷は消えなかった。恨み傷だとか、呪いだとか言われていたけど真相は謎のままだ。

「そういえばルーナはお昼からギルドへ行かないといけないんじゃ？」

「あ、そうだった！　じゃあフレーレ、ごゆっくり！　おかみさん、ちょっと行ってきますー！」

「あいよ、慌ただしいねぇ」

呆れたおかみさんがため息をつき、フレーレが苦笑しているのを見ながら、私はエプロンを外して山の宴を出た。

「きゅーん♪」

「きゅんきゅん！」

「あ、シルバ達どうしたの？　散歩？」

「わふ」

赤・青・黄のスカーフを巻いた狼達は、この町に居着いてしまった。

私のために隻眼《せきがん》ベアに立ち向かったり、森で助けてくれたという話がどこからか町のみんなに伝わり、誰も追い出そうとしなかった。

それにこの親子が大人しく、人に危害を加えないのも受け入れられた要因のひとつで、嫌がらせをした冒険者がお尻を噛まれた以外で暴れたりしたという話はない。最近は森へ出かけ、獲物を持って我がもの顔で町を歩いている姿がよく見かけられている。

子狼達はいわずもがな、町のマスコットとしてかわいがられている。

みんなが餌《えさ》を与えるから、最初に会った頃よりかなりふっくらしてきたよね？　コロコロしてかわいいけど、ちょっと肥満が心配だ。

私の近くから離れないため、山の宴の裏庭にマスターが狼達の小屋を作ってくれたりもした。

勝手に散歩に行くけど、今のところ問題になっていない。私が飼っていることになっているせいもあるけどね……

一応、犬の病気にかかる可能性があるので注射をしてもらったが、散歩だと思って尻尾を振っていた三匹が、注射を受けた後は尻尾が垂れ下がりしばらく私のところへ来なかったのは寂しかったなあ……

「私はギルドに行くけど、一緒に行く？」

「きゅん！」

「きゅんきゅん！」

「わふ！」

私が声をかけると、狼達は元気よく答えたので、そのまま一緒に連れていくことにした。

「こんにちは！　遅くなりました‼」

「ああ、大丈夫だよ。そこまで重要な話ってわけでもないから」

駆け足でギルドへ入ると、新聞を畳みながらイルズさんが受付から出てきた。

「それじゃギルドマスターを呼ぶかな。後はレイドが来るはずだけど……ちょっとそっちのテーブルで待っててくれるかい？」

そう言って奥の執務室へ行ってしまったので、私はシルバ達と遊びながらみんなが揃うのを待つ。

しばらく遊んでいるとレイドさんがやってきた。

「久しぶりだね。まだ髪は戻ってないんだ？」

隻眼《せきがん》ベアを倒した次の日、レイドさんはベアを刺し貫いた時に使った剣、『蒼剣ディストラクション』を妹さんのお墓へ戻しに行ったとか。魔王との戦いでどうなったのかわからないけど、生きてはいないと思い、亡骸《なきがら》はないけどお墓を作ったそうだ。

後から聞いた話だと、レイドさんのパーティは全滅したものの、それまでの攻撃とセイラさんの捨て身で使った《デッド・エンド》で魔王もかなり弱っていたらしい。

レイドさんが転移後、傷を回復している間に、勇者の恩恵を持った別のパーティが魔王をあっさり倒した。

けれどその勇者は「あなた達のパーティが先に魔王を弱らせてくれたおかげで倒せた

んだ」と、場に残されていた剣を回収してレイドさんの元へ持ってきてくれたそうだ。

その勇者パーティは「自分達はたまたま倒せただけだ」と言い残し、王都での歓迎会や褒美を拒否し、いずこかへ去ってしまったのだという。

「そういえばレイドさんって、パーティを組んでくれないわりには結構私を気にしてません？」

「ああ、その……ルーナちゃんは妹に似てるんだよ。髪の色とか顔つきとかは全然違うんだけど、雰囲気とか笑い方とかかね。セイラが生きているような気になるんだよ……ルーナちゃんみたいに無茶をする子だったしね」

ははは、と笑いながら懐かしそうに目を細める。そんなに無茶するかな、私？

「今回、ルーナちゃんを助けることができて本当に良かった。魔王との戦いではなにもできなかったからね……あ、そうだ。ルーナちゃんが最後に使った補助魔法は《デッド・エンド》かい？」

「え？　はい、そうですね。妹さんも使ってたんですよね？」

「うん……俺は魔王戦以外では、黒煌竜《こくこうりゅう》と戦った時にセイラが使ったのを見たことがあるんだけど、セイラは髪の毛が白くなるなんてことはなかったから気になってさ。身体能力が上がるのと魔力を全部使うというのは一緒みたいだけど……」

ドクンと私の心臓が跳ね上がる。

「ま、まあ、使える人がそもそも居ないですから、研究の余地がある魔法なんじゃないですかね？」

レイドさんの言葉は気になったが、今のところ私以外に使える人が居ないので、それを確かめる術がない。

なにか思い出さなければいけないことがあったような……でもまったく思い出せず、なんとなく怖くなったので話題を変えることにする。

「今回の件、私の補助魔法でアントン達が増長してあんなことになっちゃって、ちょっとショックなんですよね。使うと増長されて、使わないとなにもできないお荷物……パーティに向いていないのかなって……」

「おいおい、そりゃ考えすぎだな。補助魔法は強敵相手には必要なものなんだ。あいつらは自分の力と勘違いして自滅したけど、冒険者はそんなやつらばかりじゃない。あの夜、冒険者達にかけて回った時はどうだった？」

あの日……魔物の襲撃でパーティのリーダー達にかけて回った時は……

「おお、すげぇ!? なんだこれ、補助魔法ってこんなにすげぇのか！」

「ルーナちゃんの補助魔法は一級品だな……これならパイロンヒドラ相手でもいける！」

「血がこんなに早く止まるなんて⁉　あなたの魔法のおかげ？　すごいわね⁉」

そうだ……私がかけた魔法を褒めてくれていたよね。

「そう、ですね！　ちゃんと私の魔法を認めてくれる人も居ますよね！」

「ああ。それにほら、親父さんのためにお金、稼がないといけないんだろ？　だったらパーティに入って稼がないとな？」

「……はい！」

「そういえば、南のほうにある大都市で未開のダンジョンが見つかったって――」

◆
◇
◆

『――ということがあったの！　もうちょっとで死ぬかと思ったけど、なんとか生き延びることができて一安心！

補助魔法なんて地味だなと思っていた時期もあったけど、頑張って冒険者を続けてお金を稼ぐから、お父さんも病気をちゃんと治してください！

後、今回は隻眼《せきがん》のデッドリーベアを倒したということで、ギルドマスターからいっぱいお金をもらったから、いつもより多めに送ります。もう少し稼いだら一度家へ帰ると思うから待っててね！

それにしてもパーティを追い出されたのに、逆にお金を稼ぐことになるとは思わなかった。

パーティを追い出されましたけど、むしろ好都合でした！

なんちゃって♪　それじゃあまたねお父さん！』

「――これでよし、と！　さあ今日も一日頑張りますか、行くわよレジナ、シルバ、シロップ」

「わおん」

「きゅん！」

「きゅんきゅん！」

暖かい日差しの中、私はすっかり馴染んだ狼親子とギルドへ向かうのだった。

第六章

「――――ナ……」

どこか遠くで私を呼ぶ声が聞こえる……あれは……生姜焼き……

「――……ナ！」

うふふ……生姜焼きがいっぱあい……いただきます……

「痛っ⁉　なんの夢を見ているんですかルーナは。早く起きてください！　レイドさんはとっくに食堂へ行っていますよ」

あぐあぐ……硬いお肉……あ、痛っ！

「ふあ⁉　あれ、フレーレ……？」

「『フレーレ？』じゃありませんよ……今日からダンジョンへ行くんですから、しっかりしないと」

フレーレに文字どおり叩き起こされて、飛び上がる私。

ぼーっとしているとフレーレが飛び掛かってきそうなので、即座に着替えて顔を洗い、装備を整えて食堂へ行く。

どうやらレイドさんとフレーレは、朝食に手をつけず待ってくれていたようだ。

「あは……ご、ごめんなさい！　おはようございますー……」

「おはようルーナちゃん。ゆっくり眠れたようだね？」

私の様子に苦笑しながらコーヒーを飲むレイドさん。そして、呆れた顔で私にコーヒーを注いでくれるフレーレ。

「ルーナは肝が据わってます……初ダンジョンでわたしは全然眠れなかったんですよ」

「まあレイドさんも居るし、大丈夫かなーって思ってね」

私とレイドさん、そしてフレーレは、拠点にしている〝アルファの町〟から移動し、〝ガンマの町〟へ来ていた。

なぜか？　それはなんと、今日からダンジョンへ潜り、お宝を見つけるためなのだ！

この町のダンジョンは先日発見されたばかりでまだ未踏《みとう》の階が多く、お宝が眠っている可能性が高い。ただ、未踏《みとう》だけあって魔物も見たことがないのが居るらしいけど……

え？　なんでわざわざそんな危険なことをするのかって？　うん、私も別に無理して来たくなかったんだけど、ちょうど髪の色が元に戻ったくらいの時にね——

◆　◇　◆

「ほーら、ぐるぐるー♪」

「きゅんきゅん♪」

「きゅーん♪」

「よーしよしよし！　こんなにお腹を見せて～もう野生のかけらもないね～おチビちゃん達は～」

お世話になっている山の宴の裏庭でシルバとシロップのおなかを撫でていると、ふとあることに気づいた。

「わふ！」

レジナも二匹の様子を嬉しそうに眺めて尻尾を振っていたが……

「ちゃんと狩りに連れていかないと、この子達丸々と太っちゃうわよ？　お母さんしっかりしないと？」

「……わふ」

そう言い聞かせると、尻尾を下げて項垂《うなだ》れる。

レジナは最近、おチビ達を狩りに連れていかなくなったのだ。今度レジナと一緒に連れていかないとダメかなあ？

「ルーナ、そろそろ行きましょうか？」

そんなことを考えていると、フレーレが私を迎えに来た。

あの事件以降、私達は仲良くなり一緒に出かけたりすることが増えた。今日は隻眼《せきがん》ベア討伐と、町を防衛してくれた冒険者達への労《ねぎら》いとして、ギルドで食事会を行《おこな》うことになっている。

当事者の一人であるフレーレは遠慮していたが、ファロスさん達に「まあ君はちゃんと反省しているようだし、いいんじゃないか？」というお言葉をもらい、行くことになった。

実際、最初は冒険者達に冷たくされていたけど、怪我の治療や町のボランティアを積極的に行《おこな》うフレーレは徐々に受け入れてもらえたのだ。

「楽しみねー。冒険者が一斉に集まって飲み食いすることなんて滅多にないし」

「そうですね、お酒はあまり飲めませんけど、わたし」

「まあほどほどでいいんじゃないかしら……私も果実酒くらいしか……」

十六歳で成人として認められるため、お酒は飲める私達。ちなみにフレーレは私より身長は小さいけど、年齢は十八歳で一つ上だったことを最近知った。胸の大きさを比べると……あまり考えたくない……

ほどなくしてギルドに到着し、扉を開けるとイルズさんが出迎えてくれた。

「お、来たな！　今回の功労者！　さ、こっちだよ」

「わ、人がいっぱい……！」

「あん時は助かったぜー！」

「ウチのパーティに来ないかー」

「ちょっと、あたし達が先よ！」

席に着くまでにいろいろな人に声をかけられ、目を白黒させる私を見て、フレーレが笑っていた。

「今日は集まってくれて心から感謝するよ……という堅い挨拶は抜きにして、今日の主役も来たことだし、早速始めよう、乾杯！」

「うおおおおお!!　酒だ、飯だぁぁぁぁぁ!!」

ファロスさんの簡単すぎる挨拶を皮切りにあちこちで乾杯の声があがり、料理がどんどん運ばれてくる。

向かい側の席にはレイドさんが居て、こっちに気づくと片手をあげて挨拶してくれた。

……ああ、やっぱりからあげを食べてるんだ……好きなんだなあ……と苦笑していると、目の前にドンとお鍋が置かれた。

「お鍋？　……しかも味噌仕立ては珍しいですね」

味噌は東方にある蒼希《そうき》という島国から輸入している調味料だ。私も海岸でお味噌汁を作ったりする程度にはメジャーな調味料で、ショーユと共に人気である。島国から輸入しているので高そうなイメージがあるけど、こっちにしかない魔物の肉を輸出するなどで帳尻を合わせているらしい。

「良い匂いですね～。なんのお鍋なんですか？」

「ああ、この前の隻眼《せきがん》ベアの肉だよ。ルーナちゃんが倒してからすぐ解体して熟成させたから、美味いと思うよ！　いやあ待った甲斐があったよ……ぐび……」

「え⁉」

私達は顔を見合わせるが、イルズさんはもうお酒が入っているようで、「わははは」と笑いながら鍋をつつき始めた。

「……せめて安らかに成仏してください……！　いただきます！」

「わ……美味しい……！」

ベア肉は食べる時期を間違えなければ美味しい。脂のノリが良く、野菜などと一緒に煮込むと絶品なのだ！

「うう……美味しい……馬鹿どものせいで倒すことになったけど、私も死にたくなかったからごめんね……」

「…………」

フレーレはずーんと落ち込んだ顔をしたまま、フォークを持つ手を止めていた。

「あ、あ⁉　ご、ごめんね！　無神経だったね！　ほら、食べよう？」

「はい……うう……」

あーやっちゃったなあ、私……

ベア肉のピリ辛鍋を食べながら話題を変えようと頭を捻っていると、入り口から茶髪の男性が入ってきた。

私は瞬時に目を光らせ頭のてっぺんから足先まで見る。顔はカッコいい部類……着ているものは上等でキレイだ。貴族の人かな？　まあ私には関係ないかと、もぐもぐしながら見ていると、その男性はファロスさんに近づいて話を始めた。

「失礼する。ギルドに不正があるという情報が入ったので調査に来た。宴の最中に申しわけないが、ご協力いただけるだろうか？」

「これは、フォルティス殿、こんな時間に来られるとは珍しいですね？　して、ギルドに不正とはどこから出た情報ですかな？」

ファロスさんが出迎えて用件を尋ねた。ギルドマスターが丁寧な口調で話すということは、結構偉い人なのかもしれない。私はさらにお鍋を食べながら様子を窺《うかが》う。

他の冒険者にも緊張が見られる中、フォルティスと呼ばれた人は口を開く。

「ディーザという冒険者の父親のアンベルス伯爵からだ。魔物にトドメを刺せなかった程度で奴隷にまでされそうになったと訴えてきた。パーティメンバーがその魔物を倒したのに、恩赦《おんしゃ》もないとな。伯爵は、金で冒険者を贔屓《ひいき》しているんじゃないかとも言っており、調べてほしいと依頼があった」

ふう、とため息をつき、フォルティスさんが面倒くさそうにファロスさんへことの内容を告げ、近くの椅子に腰かける。

なによそれ！　その『程度』じゃなかったでしょうに！

「アンベルス殿は娘のディーザのことで納得がいかなかったのでしょうな。だからそのような話をしたのだと思います。しかしあれは間違いなく、ディーザが所属していたパーティが引き起こした事件。所属していた者達の罪を裁いただけです。そこに居るフレーレもメンバーでしたから、当然処罰を受けましたよ？　後、パーティの人間が功績をあげた、というのは間違いですな。隻眼《せきがん》ベアを倒した人物は、その時すでにパーティを追放されていたのですから」

「みなまで言うな、わかっている。お前達が金のために不正をするはずはないとな。だが、冒険者も全員が全部正しいことをしているか、と言われればそれはノーだ。それこそ今回の件のようにな。面倒だが一応帳簿を調べさせてもらうぞ」

ファロスさんを真っ直ぐに見ながら「念のためだ」と付け加えて、職員が持ってきた帳簿に目を通す。

仲介手数料などのお金の流れと、パーティの加入期間はすべて登録されており、過去三年分は遡《さかのぼ》ることができるそうだ。手で書くのではなく、ギルドカードを通して魔法により帳簿が作成されるので、正直なところ、仕組みを聞いただけでも不正は難しいと思う。

偉い人……それこそ伯爵様のような貴族はその工程を知らないので、先のようないいいちゃもんも平気でつけてくる。

それはともかく、私が抜けた時期と隻眼《せきがん》ベアを討伐した日が確認できれば、パーティうんぬんの話は白になる。特に隻眼《せきがん》ベアは目撃者が多いしね。

「……特に問題はなさそうだな。アンベルスには私から、ギルドにちょっかいを出さぬようう言いつけておくよ。まったく良く考えればわかるだろうに、親バカというやつかな？」

「ご足労いただいて申しわけありませんな」

良かった……どうやら話がわかる人のようだ。若そうに見えるけど、ファロスさん達と知り合いなのかな？

「気にするな、これが私の仕事だからな。真実を曲げて得られるものなどないだろうさ。さて、仕事は終わりだ……ということで、私も参加させていただいても良いだろうか？」

「ははは、願ってもないですよ！　誰か、フォルティス殿にビールを！」

女性職員さんがジョッキを持ってくると、再度乾杯の声が響き渡る。

「今日の仕事はこれが最後でラッキーだったかもしれん……ふむ、これが町を震え上がらせた隻眼《せきがん》ベアの肉か。器とフォークをもらえるか？」

「侯爵様のお口に合えばいいですがね？」

イルズさんが意地の悪い顔でフォルティスさんへ食器を渡すと、彼は嫌そうな顔をしてイルズさんを見る。

というか侯爵様⁉

「ここでそれを言う必要はないだろう……。む、これは脂のノリが良くて美味いな！

町まで入り込んだというこのベアを倒したのは結局誰なんだ？　私は知らないんだが、

当時のメンバーならレイドかクラウス……ああ、もしかしてギルドマスターの君か？」

はふはふと鍋を食べながら、二杯目のビールを飲みつつ、誰ともなく尋ねているフォルティスさん。

待ってましたと言わんばかりに、ファロスさんが私をフォルティスさんの前へ連れ出す。

え、ええー⁉

「この子はルーナちゃん。高度な補助魔法の使い手で、隻眼《せきがん》ベアにトドメをさした功労者ですよ！」

「あ、どうも……初めまして……ルーナです。よ、よろしくお願いしますー……え、えへへ」

「……」

あれ？　私の顔を見て固まっちゃった⁉　顔になんかついてるかな！

「フレーレ！　私の顔になにかついてない⁉」

「え？　い、いえなにも……」

じ、じゃあ、なにか粗相《そそう》でも……？　でも挨拶しただけだし！

「わ……」

「わ？」

「私と結婚してくれないだろうか？」

言われた言葉を理解できず、頭の中で反芻《はんすう》してみる。

ワタシトケッコンシテクレナイダロウカ？

「「「「ええー⁉」」」」

ギルドに叫び声が響いたと同時に、フォルティスさんが立ち上がり、私の手を握って熱弁を始めた⁉

「こう、びびっときた……そして君に対して神々しささえ感じるのだ。どうだろう？ぜひ私と……！」

「え、えええー⁉　いや、その……」

「一目惚れとは胡散臭《うさんくさ》いかもしれないが、私は本気だ！」

周りから「ひゅー♪」とか「きいい悔しい」とか「いいぞ！」とか無責任なヤジが飛び、私の頭の中はぐるぐるしていた。

そして私の口から出た言葉は……！

「こ、好みじゃないので、ごめんなさい！」

その一言でシーンとなる室内。フォークやハシからぽろっと料理を落とすものも居た。

目の前の侯爵様は目が点になり「え？」という表情をしている。

「……プ」

誰かが笑いをこらえきれなくなると、後は早かった。

「ぶあははははは！　ふ、フラれてんじゃん！」

「おお！　まさか侯爵殿がなあ！」

「声をかけてくる女を冷たくあしらう『氷の男』が告白したと思ったらこれか⁉」

「わ、わたしが！　わたしが居ますよぉぉぉフォルティス様ぁぁぁ！」

「お前は男だろ⁉」

あ、あわわ……みんな侯爵様に向かって酷いことを……お酒が入ってるから容赦ないよ⁉

「ハッ！　な、なんと……ついに私の求める女性に巡り合えたと思ったのに、ままならぬものよ……」

「あ、そ、そのですね？　会ったばかりですから、失礼ですけど良く知らないのでいきなり結婚はちょっと……」

私がフォローすると、フォルティスさんはシャキッと元気になってビールを一気に飲み干し、帰り支度を始める。

ああ、ごめんなさい！

「確かに言われてみればそうだな。今日のところは帰らせてもらおう。ルーナよ、また来るぞ」

そう言って、ギルドを出ていった。気を悪くしてなければいいけど……

「ひ、ひー……！　ルーナちゃん、ありがとう面白かったよ！」

ファロスさんが笑いながら私のところへやってきて、乱暴に頭を撫でてくる。

「あ、あの、いいんでしょうか？　侯爵様に失礼を……」

「いいんだよ、あいつは堅苦しいのが嫌いだからね。ここに居るやつらとはほとんど面識があるし、冗談も通じる！　変な侯爵だ！　あいつの恩恵は『平等《バランス》』といって、良いか悪いかをなぜかちゃんと見極めることができるそうだ……まあ、今日の仕事もそのひとつってわけだ。侯爵なのに仕事してるってのも、おかしなやつだろう？　長男なのになあ」

ふーん、いきなりあんなこと言い出すから何事かと思ったけど、真面目な人なんだね多分。

「そんなわけで、あいつは僕が信用している貴族の一人でね。強引な手でルーナちゃんをモノにしようとかそういうのはないから、安心していいと思うよ」

そっか、酷い貴族だと、さらわれて婚姻させられることもあるんだ……

私みたいな田舎娘のどこが良いんだろう？　神々しいって大げさすぎるよね？

「しかしあいつが女の子に告白ねえ、天変地異が起きるんじゃないか？」

と、別の人に絡みに行ったファロスさん。すると横でフレーレが私に言った。

「でも、侯爵様と結婚したらお金の心配はなくなりますよね。長男でしかも仕事もしているんだったら、それこそルーナは危ないことをしなくてもいいと思うんですけど」

ハッ！　そうか、侯爵ともなるとお金は相当持っているはず……治療費どころか一生遊んで暮らせる……？

「ルーナ、悪い顔になってますよ……」

「あ、あれ？」

と、この日、和やかに食事会は終了した。

で、ここまでは平和だったんだけど、冒険者稼業へ戻った後が大変だった。

補助魔法を欲するパーティが我先にと、私に声をかけてきたからである。

隻眼《せきがん》ベアを討伐した夜に補助魔法をかけたパーティはもちろん、噂を聞いて興味本位でやってきた人までさまざまだった。

契約期間中はよほどの理由がない限り、最低一か月、同じパーティに居なければならないんだけど、それは待ちきれないと冒険者がギルドへ押し掛けた。

「うーん、ハウスルールを作るのはギルドマスターがオッケーを出せば問題ない。契約自体は俺達が管理しているから、加入期間は二日間、みたいな契約を作ることは可能だ……でも事務手続きが面倒だから、仲介手数料は多少高くなるぞ？　それでもいいのか？」

イルズさんが妥協案として、手数料が上がってもいいなら日雇いみたいな契約を作ってもいいと言う。

そして『多少』がどれくらいなのかをきちんと確認したうえで、冒険者達は『それでいい』と納得した。

加入メンバーは私なんですけど意見を……まあ、ちょっと強めの魔物を狩って利益をあげるつもりみたいだから、別にいいんだけどね！

「じゃあ今日はウチらのパーティだね！」

二週間ほどお試しでやってみたら、これが意外にうまくハマり、みんなに好評だった。補助のおかげで金額の高い魔物を狩ることができ、手数料が上がっても回収が簡単にできるらしい。

そしていつの間にか私についたあだ名が『レンタルーナ』。

うん、ウェイトレスの時といい、誰がつけてるんだろうね？　見つけたら文句言わなくっちゃ！

実入りは良かったから私もホクホクしながら狩りを行《おこな》っていたんだけど、ある依頼でタチが悪いのに引っかかっちゃったんだよね……。私が選んだ依頼じゃなかったんだけど、巻き込まれる形になったの。

◆◇◆

私は今日もいつものように、臨時パーティの一員として行動していた。

今回のパーティは二日契約で、昨日は魔物の討伐。今日は運搬の護衛という依頼で、商人さんの馬車でのんびりと移動していた。

「昨日はすごかったなあ……俺達が〝クレイジーゴート〟を倒せるとは思わなかったよ。これもルーナちゃんの補助のおかげだな」

リーダーのキールさんが興奮冷めやらぬと言った感じでみんなと話す。昨日はエルダーフロッグを倒しに行ったんだけど、途中でクレイジーゴートというヤギに似た魔物と遭遇してしまったのだ。

ちょうど川へ水を飲みに来ていたみたいだけど、縄張りに入ったと勘違いされたのか、こっちに向かってきたのよね。キールさんのレベルくらいだと、中級の補助をかければ倒せない相手ではないのでことなきを得た。

「いやあ～私もお金になりましたしね！　私一人じゃ絶対倒せないんで、皆さんのおかげですよ！」

「私の魔法も強化してくれたし、助かったわよ？　ずっと居ていいからね？」

魔法使いのライラさんも絶賛してくれた。うんうん、パーティってこうじゃなきゃね。

「それにしても平和ですね。〝ベタの町〟までどれくらいなんですか？　私、行くのは初めてなんですよね」

「もうすぐだよ。向こうで一泊することになるけどね。そういえば伯爵様が泊めてくれるって言ってましたけど、大丈夫なんですか？」

キールさんが御者台にいる商人さんへ聞くと、チラっとこっちを見ながら答えてくれた。

「大丈夫だよ、今日は魔物も出てこないし、あんた達ラッキーだったねぇ。少し前は隻《せき》眼《がん》ベアだっけ？　それに襲われる人達も居たからねぇ」

〝ベタの町〟は北の森を抜けた先にあるので、街道があるとはいえ森の近くを通らざるを得ない。

森は広いので、そうそう魔物が街道まで出てくることはないみたいだけど、腹を減らした魔物などがたまに出てくるそうだ。

そんな雑談をしながら夕方に差し掛かった頃、〝ベタの町〟へ到着した。

商人さんの依頼を遂行するべく、早速伯爵邸へ向かう。伯爵様も待っていたのか、すぐに応接間へ通してくれた。

「おお、遠路ご苦労であったな。どれ早速……」

伯爵様が自《みずか》らひとつひとつ商品の検品を始めた。ちなみに中身はキレイなガラスのコップと銀細工だった。

「ふむ、問題なかろう。今日はゆっくり休んでくれ！　おい、部屋へ案内してやれ……くれぐれも丁重にな？」

ご機嫌の伯爵様がメイドへ指示を出し、私達を部屋へ案内してくれたんだけど……

「すごく豪華な部屋ね……この部屋だけで私が下宿している部屋ふたつ分あるわね」

天蓋付きベッドに化粧台……お姫様にでもなったかのような見事な部屋を用意してくれた。

出された食事も『なんのお肉を使っているの⁉』と言いたくなるようなじゅーしぃ

なステーキに、採れたてコーンを使ったスープと、ふかふかのパン！

お腹いっぱいになり、お風呂までいただいた私は、キールさん達と「今回の依頼最高！」とか言いながら、笑顔でベッドへ。


だけどその夜……

ガチャリ……

扉の開く音で私は目を覚ます。

「（ふえ……？　今、なにか音が……）」

ヒタヒタ……

「（⁉　気のせいじゃない……だ、誰か来る……？　まさか幽霊……？）」

怖いけど意を決して起き上がろうとしたところで、なにかが覆いかぶさってきた！

「きゃ……！」

声をあげようとしたところで、口を塞がれてしまう。

「（なんなのー⁉）」

暴れるも、組み伏せられ思うように動けない！

そしてパジャマのボタンに手をかけられたところで、ようやく私は襲われているんだということを認識し、補助魔法をかけて抵抗する。

「ふぬう‼」

「うわ⁉」

ストレングスアップを使い、覆いかぶさってきた影を跳ね飛ばして、無防備になった顔をひっかくと「くそ！」とか言いながらなおも襲い掛かってくる賊！

「だ、誰か⁉　助けてー‼　むぐ⁉」

大声で助けを呼ぼうとするとまた口を塞がれる。しかし今度は魔法のおかげで、身動きが取れないということはない！

身をよじっていると私の膝が、ある場所へクリーンヒット。

「お、おが……⁉」

影は前かがみになりながら慌てて逃げていった。

私の声を聞きつけて来てくれたキールさんに事情を話していると、さらにその後からメイドさんが来た。

「戸締まりをしっかりして賊に注意しましょう」ということで解散となった。

怖くてその夜は眠れず、結局朝まで警戒し、メイドさんが起こしに来てくれたので、着替えて階下へ行くと……

「おはよう諸君、朝食を準備したからぜひ食べて帰ってくれたまえ！」

出てきたのは、顔にひっかき傷を作って、歩き方が少しおかしい伯爵様……

私が「ひっ⁉」と小さく漏らしたのが聞こえたのか、キールさん達も複雑な表情をし、無言のまま味がわからなくなった朝食を食べて〝ベタの町〟を後にした……


〝アルファの町〟へ戻ってから、キールさん達が〝ベタの町〟の伯爵様について情報を集めた結果、あの伯爵はいつも依頼終了後に宿泊をさせてくれるが、女性冒険者が居た場合、夜這いをするということがわかった。

女性でも冒険者は腕っぷしが強い人が多いので、ほとんど返り討ちにあうから笑い話みたいな感じのようだ。

後、伯爵という立場と、ことがことなので被害者が黙秘しているから噂程度で公にならないらしいけど、私達のような女性冒険者には迷惑極まりない。

「ルーナちゃんが居なかったら私が……」

非力な魔法使いであるライラさんが狙われていたらアウトだっただろう。襲われた私が言うのもなんだけど。

一応、イルズさんにはそのことを報告しておいた。今後、被害者が出るのを防がなければと思ったからだ。

だけど、キールさんのパーティを離れた翌日からおかしなことが起こり出す。

海で釣りをしていると誘拐されそうになる（レジナが助けてくれた）。

町で急に因縁をつけられる（たまたま通りかかったレイドさんが追い返してくれた）などである。

極めつけは例の伯爵様からメイドをしてくれという指名依頼が来たのだ。

「これは冒険者がやる仕事じゃないからダメだよ」

イルズさんが依頼を持ってきた執事さんを追い返してくれたが、明らかに狙われている……。

しばらくそんな日が続いていたある日、短期でパーティに入れてもらうことがあったんだけど……。

「また……」

「これはやっぱり、アレなのかなあ……」

討伐依頼を受け森へ行くと、特になにかしてくるわけではないけど、毎回同じパーティと出くわすのだ。こちらになにもしてこず、適当な魔物を狩っていって帰るのだが、すごく居心地が悪い。

『ルーナは伯爵に狙われている。関わると、もしかしたら自分達にまで』……そう考える人が増えるのは当然だ。そして私はどのパーティからも追い出され、また一人になってしまった。

しかも証拠がないので、伯爵様を問い詰めることもできず、悶々とした日々を過ごす内に私は疲れてしまっていた。

「はあ……」

おかしい。私の計画だと、補助魔法でちやほやされ、短期的にパーティに入って稼いだ後、今頃はお父さんに顔を見せに村へ戻っているはずだったのに……

「きゅーん？」

「なんでもないのよ、帰ってご飯にしよ？」

「きゅーんきゅーん♪」

一緒に狩りへ行っていたシロップを抱き上げ山の宴へ戻ろうとした時、私と同じくため息をつく人影に出会った。

「はあ……」

白いローブに帽子を被った女の子……フレーレだった。なんだか元気がないみたいなので、声をかけてみることにした。話せば私も気がまぎれるし。

「どうしたの？　元気がないみたいだけど」

「あ、ルーナ。それが困ったことがありまして……」

聞けばフレーレは孤児院出身らしく、冒険者として活動を始めてから、お世話になった教会に寄付していたそうだ。

アントン達と組んだばかりの時は無茶をせずそこそこ稼げていて、私が加入した時期は実入りが良かったのでかなり寄付できていたそうだけど……

「経営がうまく回ってないの？」

「子供が多いのもあるんですけど、古い建物だから修繕費がかさむみたいです。神父さんやシスターは無理しなくていいと言ってくださるんですけど、この前帰った時、聖堂の天井に大穴が開いてまして……」

なんとかしたいというわけだ。

私に手伝えることはないかな……あ、そうだ！

「ねえ、最近話題になっている〝ガンマの町〟へ行ってみない？　あそこのダンジョン、まだ出現したばかりだからお宝があるかも！　実は私、今あまりこの町に居たくなくてね、もし良かったら一緒にどう？」

レイドさんが話していたダンジョンのことを思い出し、フレーレへ提案する。

そうよ！　パーティに入れないなら自分で集めればいいじゃない！

この町で危険にさらされるよりよっぽどいいわ！

「いいんですか？　ルーナが一緒なら、採集ばっかりの毎日とはおさらばできますけど……」

不憫《ふびん》な子だよう……

「じゃあ決まり！　明日ギルドへ行ってパーティ申請しましょう」

そして翌日。

「ルーナちゃんとフレーレちゃんはこれで同じパーティだ、手続きは終わったよ」

翌日、イルズさんに登録申請を行《おこな》ってもらい、晴れてパーティを組むことができた。

「依頼を受けるのかい？　今なら〝ブルホーン〟があるけど？」

「あ、いいですね！　ダンジョンに行く前に少し狩って準備しないとね」

「ダンジョンって〝ガンマの町〟のかい？　……二人で？」

「ええ、浅い階層なら大丈夫かなって！　一応、剣も使えますし、フレーレが回復もできますしね」

イルズさんが眉をひそめて「大丈夫かなぁ……」と呟きながら送り出してくれた。

◆◇◆

「えい、これで終わりです！」

「がおぉん！」

ブルォォン……

「きゅーん！」

「きゅきゅーん♪」

ブルホーンが息絶えて、おチビ二匹が興奮してぴょんぴょん飛ぶ。結果として二人と一匹でブルホーンはあっさり倒すことができた。

私の補助魔法が戦力の要《かなめ》として大きいけど、フレーレの武器であるメイスも結構エグい。

かなり重そうなんだけど、補助をかける前からそれなりに振り回すので、小さい体のどこにそんな力があるのか気になって仕方ない。

ストレングスアップをしてメイスで脳天を直撃。返り血を浴びて「えへへ」と笑う彼女は力強くて、アントンとパーティを組んでいた時のことはだいぶ吹っ切れたようだった。

依頼を終えた私達は早々にギルドへ戻って報酬をもらい、フレーレと別れ、私はフン・ダックルズ商店で武器の手入れをお願いすることにした。

「お、ルーナちゃん。ちょうどいいところに！」

店へ入ると防具屋のフントさんに呼び止められた。防具は買えないよ？

「どうしたんですか？」

「この前倒した隻眼《せきがん》ベアの素材！　あれを加工して防具を作ったんだよ。ギルドマスターから、ルーナちゃんにプレゼントしてくれって頼まれていてね。渡しに行く予定だったけど、都合が良かったな」

「この前お肉を食べたんですけど、素材まで……」

「おう、内臓以外捨てるところがねぇな！　ほら、これだ」

フントさんがゴトリとカウンターに置いたのは、籠手《ガントレット》と胸当てで、コバルトブルーのとてもキレイな色をしている。

「背中の毛皮と皮を使ったんだが、普通の個体より硬くてな。色も死んでから段々とその色になったんだよ。頭も良かったみたいだし、亜種だったのかもしれないな」

「大きかったのは確かですけどね。でも本当に良いんですか？」

「ああ、お代はギルドマスターの旦那からもらっているし、それはルーナちゃんのものだ。籠手《ガントレット》はベルトで自分の腕に合わせてくれ。装着したらぐっと拳を握り込んでみな」

「こう？　わわ！」

シャキン！　と、爪が二本飛び出してきた。

「いいだろ？　それも隻眼《せきがん》ベアの爪だ。いざって時に使うといいぜ！　耐久性はそんなにないかもしれないけどな」

ダンジョン行きの前にいいものをもらったわね！　胸当ても装着すると強くなった気がする。

これならいけるだろうと思ったその時、商店にレイドさんが入ってくる。

「お、ルーナちゃん、ここに居たのか。ダンジョンに行くって聞いたけど？」

「あら、耳が早いですね？　イルズさんからですか？　フレーレと一緒に行くんですよ！」

「そのことなんだけど、俺も一緒に行っていいかい？」

「え？　レイドさんも？　そ、それはもう！　レイドさんみたいな勇者が居れば踏破できるかも……！」

「はは、そんなに簡単にはいかないよ。二人だと危ないっていうのもあるんだけど、ダンジョンの調査を依頼されてね。ルーナちゃんの魔法があれば俺も調査で助かるし、顔も知ってるからちょうどいいかなって思ってさ」

レイドさんはあの騒動以降、少し明るくなった気がする。

前はパーティなんて絶対組まない！　というオーラを出していたけど、レイドさんの中でなにか吹っ切れたのかもしれない。

「じゃあ、明日フレーレと買い物に行くので聞いておきますね！　よろしくお願いします！」

こうして、私は町からの脱出とお金稼ぎ、フレーレは教会のため、レイドさんは調査のためという、チグハグなパーティが誕生したのであった。

第七章

「はあ……」

「どうしたんですか？　急にため息をついて？」

フレーレに叩き起こされ、朝食を取った後、私達はまず〝ガンマの町〟のギルドを目指していた。

ダンジョンに入るためにはギルドの発行する許可証が必要だからだ。

「うん、〝アルファの町〟に戻ったらまた騒ぎがあるかも、と思うとね……」

「ああ、例の？」

フレーレがあれですね、という感じで納得したところに、レイドさんが口を挟む。

「実際、なんだっけ……メイドの依頼以外は証拠もないんだろ？」

「そうなんですけどね。でも、伯爵家へ行ったあの日から始まったので、ほぼ間違いないと思うんですよ？　確かに証拠はないけど……」

誘拐犯はレジナが噛みついたらあっという間に逃げたし、言いがかりをつけてきた男もレイドさんがあっさり撃退……次は私が囮《おとり》になって捕まえようかしら？

段々腹が立ってきたところでギルドへ到着し、レイドさんを先頭に受付へと真っ直ぐ進む。周りの冒険者達がチラチラとこちらを窺《うかが》っているような気がした。

「いらっしゃい、用件は？」

小太り（失礼！）で髭のおじさんが、ぶっきらぼうにレイドさんに尋ねる。

後ろに居る私達を含めて、値踏みしているような目つきだ。

「〝アルファの町〟から調査を依頼されてね、最近現れたダンジョンへ行くための許可申請に来たんだ」

「あの町ということは、ファロスからか……ダンジョンな。で、その二人もか？」

「ああ、パーティを組んでいる」

すると周りから笑い声があがった。

「おいおい、ダンジョンてな危険なところなんだぜ？　お嬢ちゃん達にはちょーっとキツいんじゃねぇかな？」

「レベルはいくつなんだよ？　お兄さんもおもりが大変だ！　同情するよ！　ププ……」

彼らは口を開くと、嘲笑と馬鹿にしたセリフばかりを吐く。

〝アルファの町〟だと初めて登録した時でもみんな優しかったけど、町が変わると人も変わるのね……

「うるっせぃ！　てめぇら黙ってろ！　……悪いな、ウチの冒険者連中がよ……全員カードを出してくんな」

私達がカードを手渡すと、おじさんは魔法でスキャンし始めた。

「……!?　おめえさんがあの……。他の二人もレベルは低いが……なるほど……この能力なら問題あるまい、このままカードに許可を刻印してやる」

おじさんの言葉を聞いて、冒険者達がざわめく。

即決した理由は私達の能力……特に魔法がレベルにそぐわないものを持っているからだと思う。

魔法は火水土風の属性を操る「属性魔法」に、単純な魔力をぶつける「攻撃魔法」と、回復やアンデッドに対抗できる「神聖魔法」。そして私の使う「補助魔法」があるけど、私は補助魔法を上級まで使えて、フレーレは神聖魔法と攻撃魔法が使えるから、レベルが低くても戦力としてみなされたのだろう。

ちなみに属性魔法は習熟すれば攻撃にも使えるけど、ディーザのように「恩恵」がなければ何年もかかってしまうので属性の攻撃魔法は難しい。私は火をおこすくらいなら……

攻撃魔法は魔力をぶつけるイメージがあればできるらしいけど……フレーレから教えてもらっても私にはできなかった……やっぱり恩恵がないと一筋縄ではいかない……そ、それはともかく、レイドさんは高レベルの勇者、フレーレは二種の魔法を使えるし、私の補助は最高ランクなので、たとえ三人でもパーティのレベルはかなり高い。……私とフレーレの通常のレベルは低いですけどね……それでも隻眼《せきがん》ベアを倒して上がったんだから！

「話が早くて助かるよ」

「気にするな、調査ってんなら早いほうがいい。まだ地下二階までしか行けたやつが居ないからな。マップでも作ってくれれば町も潤うだろ。ああ、俺の名前はハダスだ。一応ここのギルドマスターをしている」

「ありがとう。それじゃ行こうか」

「はい！」

困惑顔の冒険者をよそに、私達は鼻歌気分でギルドを後にした。

◆　◇　◆

「ハダスさん、あいつら何者だったんだ？」

若い冒険者が、小太りのおじさんことギルドマスター・ハダスに質問を投げかける。

最初の戦士風の男はともかく、残り二人の女の子はどう考えてもレベルが低いと思っていたからだ。

「……あの男は十年前に魔王と戦った、勇者レイドだ」

その言葉に聞き耳を立てていた冒険者達がざわつく。

「ふん、魔王に敗北してからパーティを組むことを避けてきたって聞いたけど、女の子は別ってことかね？」

一人の冒険者が軽蔑したような言い方をするが、ハダスは首を振ってそれを否定する。

「守秘義務があるから詳しいことは言えんが、遊び半分であのパーティにちょっかいはかけないほうがいいとだけ言っておく。手痛い目にあうぞ？」

真面目な顔で冒険者達に告げるギルドマスターを見て、周りに居た者はゴクリと喉を鳴らした。

そして、三人が出ていった扉を見ながら「世の中わかんねぇもんだな」と誰かが呟いていた。

◆
◇
◆

「スッキリしましたね！」

私が言うと、レイドさんが首をかしげて聞いてくる。

「なにがだい？」

そこでフレーレが戸惑いながらも言う。

「ええっと……多分、ギルドに入った時は見くびられていましたけど、ギルドマスターさんに実力を認められたからだと思います……」

「ああ……」

なぜかレイドさんとフレーレが疲れた顔をしていた。ダンジョンは今からなのにもう疲れてるのかしら？

「でもこれでダンジョンへ潜れますね。やっぱり地下一階からですか？」

「そうだね、今のところ地下二階まで行った連中がいるみたいだけど、俺達はこのダンジョンは初めてだし、まずはマップを作っていこうか」

「じゃあ私マッピングしますね！」

「だ、大丈夫ですか？」

「森とかで方向感覚は養われているから、大丈夫……だと思う」

「わかった。まあマッピングはそんなに難しくはないしルーナちゃんに任せるよ。とりあえず今日はどういった感じか見るだけだから、食料とかは軽くでいいか……」

レイドさんが計画をぶつぶつと呟くのを横で聞いていると、どこからか鳴き声が聞こえてくる。

「――ゅん……」

「ん？　この声どこかで……」

さらに女性の声が聞こえてきた。

「なにこの子かわいい！　スカーフを巻いてるってことは飼われているのかな？　おチビちゃんはどこから来たのかな〜？」

「きゅん！」

スカーフ……あ、もしかして……

声のするほうへ行ってみると、私を見つけたシルバが突進してくる！　危ないからついてこないようにって言っておいたのにー。

「あら、あなたが飼い主さん？」

「ええ、まあ……」

「きゅん♪」

女性も私の近くまで来て、私の足元をぐるぐる回っていたシルバを撫でながら言った。

「よく懐いてるわねー、ウチはお父さんがアレルギーで飼えないのよ……羨《うらや》ましいわ……。あ、私はシア。そこのレストラン〝サプライズ〟で働いているの。気が向いたら、その子をまた撫でさせて！　それじゃ！」

シアさんはセミロングの赤い髪をなびかせながらレストランへと入っていった。感じのいい人だったし、帰ってきたら行ってみようかな？

そこにフレーレが追いついてくる。

「どうしたんですかルーナ？　あ⁉　おチビちゃん……どうしてここに……？」

「うーん……匂いを辿って、追いかけてきたみたい。帰らせるわけにもいかないし、連れていくしかないかな」

「大丈夫、ですかね？」

すると、レイドさんもこちらへ歩いてきた。

「階層が浅ければ多分大丈夫だよ。よっぽどルーナちゃんのことが好きなんだねえ」

「きゅん♪」

レイドさんに言われ、はしゃぐシルバ。

「レジナとシロップちゃんは居ないみたいですね。一匹で来たの？」

「きゅーん！」

どうやらそうらしい。母と妹を置いてやってきたようだ。

「はは、ここまでの道を一匹で来るなんて、たのもしいじゃないか。それじゃあダンジョンへ行こうか」

◆◇◆

『マズイ』

少年にも少女にも見えるその人影は、椅子に座って一人呟いた。

『分けて封印した女神の力が解けかかっている。ボク自《みずか》らが封印を施した「女神の水晶」がないと、完全復活は無理だけど……。それにしても見つからないなぁ……。ボクが探知できないなんてよっぽどだよ？』

立ち上がり、部屋をウロウロして考えるがまとまらない。

ひとしきり唸った後、ぴたりと止まり、またも一人呟いた。

『女神の水晶以外は、手元に置いておくと勝手に復活しそうだったからあちこちに分けて封印したけど、これじゃ本末転倒だね……』

やれやれと大げさに手を広げてため息をついた後、最後に一言……

『……どちらにせよ、女神の力は誰の手にも渡すわけにはいかないし、仕方ない……』

人影は闇に紛れるようにスゥ……と姿を消した。

◆◇◆

「はい、確かに許可証を確認しました。お通りいただいて結構です」

「や、やっと入れるのね……」

「レイドさんが一階しか無理だと言っていた意味がわかりましたぁ……」

と、疲労困憊で、私達はようやくダンジョンへ入ることができた。

というのも、最近できたこのダンジョンは私達だけが知っているわけではない。

お宝が眠っているというダンジョンに一攫千金を求めてくる冒険者はたくさんいるので、大混雑しているというわけ。

それに入り口はそれほど広くないので、我先に入ろうとして怪我人が出てしまったことがあり、それを避けるため、ギルドの人がここでパーティごとに入場を制限しているのだ。

「これでも早く入れたほうだよ？　後の人が待っているから行こう」

レイドさんに連れられて、私達はついにダンジョンへ入る。

入り口は狭かったが中は広く、通路は三人横並びで歩けるくらいの幅があった。

「ふわあー広いですねー」

「きゅん」

私がマッピングを担当するので、フレーレにシルバを抱っこしてもらっている。勝手に走られても困るからね。

フレーレは何度か一緒に散歩にも行ったことがあるので、シルバは大人しく抱かれていた。

私はというと、ガラスのような透明の魔法板を使い、マッピングを開始する。

通ったところには色がつき、マーカーも設定できるのでかなり便利だ。

レイドさんに借りたこの魔法板は古いものだそうだけど、全然そんな感じはしない。

「天井の高さ……壁の質……ここは間違いなくダンジョンだな」

「どういうことですか？」

「ん？　ああ、ダンジョンと言ってもいろいろあってね、自然にできたものを俺達は『洞窟』と呼んでいる。こうして人工的、つまり手が加わっているものは迷宮……ダンジョンと呼んでいるんだ」

「わかるようなわからないような……」

結局は一緒じゃないの？　と思って聞いていたが、レイドさんの補足が入る。

「洞窟ってのは、なにかしらの要因でできた穴を人が掘ったり、魔物がねぐらにしたりとなんとなく広がっているだけのことが多いんだが……ダンジョンってのは『設計者』が居て、そこには設計者の『意図』がなにかしら込められていることがある。それこそ財宝を隠したりとかね」

「なるほど……だったらここは確かに〝ダンジョン〟ですね。中は広いし、壁もキレイですもんね」

「そういうことだ。さ、進もうか」

私達は整然とした通路を進む。

ほんのり明るいのでナイトビジョンを使う必要はないけど、数歩先はあまり見えないのが嫌らしい造りだと感じた。

「はあ！」

レイドさんの剣が〝アイアンスパイダー〟の足を切り裂き、動作が鈍くなる。

そこに補助魔法をかけた私の剣が頭へ突き刺さると、緑の血を吹き出しながら動かなくなった。

「やったぁ！　お金、お金♪」

何度かダンジョンの魔物を倒したんだけど、なぜかお金が出ることがあった。

レイドさんに聞いてみると、ダンジョンの魔物は設計者がダンジョンのお宝等を守るために『造る』ことがあるらしく、その触媒にお金を使うそうだ。銀貨や金貨は魔力が良く通るので、造りやすいんだとか。

もちろん天然の魔物も徘徊しているし、どうでもいいガラクタを触媒にしていることもあるので、外れた時のガッカリ感はすごい……。

それにしてもレイドさんは物知りだなあ、流石《さすが》は魔王まで辿り着いた勇者様……。

「あ、フレーレちゃん。その〝ミディアムラット〟は爪に病原菌を持っているから気を付けてね」

「は、はい！　えい！」

ちょっと大きめのネズミを粉砕したフレーレは、ゆがんだ鉄板を手に入れた。

「うーん、お金じゃなかったですね……」

レイドさんは私達の練習にちょうどいいと言って、私達に弱い魔物の相手をさせることを決めた。なんでも階層が浅い間にもっと戦い慣れてほしいそうだ。

T字路や十字路をとりあえず適当に進んでマップを埋めていたが、そこでふと気づく。

「そういえば全然他の冒険者に会いませんね？」

「ああ、まだここは浅いからね。もう二階まで行く階段はほとんどの人がわかっているんじゃないかな？　だからこの辺でウロウロするのは、初めて入った俺達くらいなもんだよ」

ははは、と壁を調べながらゆっくりと進むレイドさん。

興味があるのか、いつの間にかシルバがレイドさんと一緒に鼻をふんふん鳴らしながら歩いていた。

「じゃあ、もう少し歩く感じですね」

私は魔法板に目を落とすと、フレーレがレイドさんに質問をした。

「そういえばいくつか扉がありましたけど、入らなくていいんですか？」

確かに途中扉があったけど、レイドさんはそれを無視してずんずん歩いていた。

「うん、俺はいつも、とりあえず道をマッピングして、後で部屋を開けていくんだ。理由はあるんだけど、今回はルーナちゃん達も初めてだしそろそろいいかな？」

スタートから、だいたい二時間経過しただろうか？　近くにあった扉の前でレイドさんがそんなことを言う。

いよいよ扉を開けてみるみたいね！

「ダンジョンの部屋は特殊で、空き部屋がほとんどなんだけど、たまに魔物が居る部屋があってね。逃げられないことはないけど、面倒だから後回しにしていたんだよ」

旅の経験からか、スラスラと説明が出てくるのがすごいよね。私も色んなところへ旅をしてみたいなぁ。

そんなことを考えていると、レイドさんが「じゃ、開けるよ」と言って扉を蹴破った。

ええ、そんなに乱暴に開けるの⁉

中に入ると、ギラリと魔物達の目が一斉にこちらに向く。

「行くよ！」

「は、はいー！」

「行きますー‼」

中に居たのは、さっきも倒したアイアンスパイダー三匹、初めて見るコウモリの魔物二匹！

「〝ヴァンパイアバット〟か！　そいつは吸血コウモリだ！　特に女の子の血が好物だから気を付けて！」

「わかりました！　えい！」

レイドさんがアイアンスパイダーを二匹、私が一匹相手にしながら、ヴァンパイアバットを警戒していると、今だと思ったのかバットが急降下してきた！

「きゃあ！　二匹ともこっちに来ましたよ！」

ヴァンパイアバットは近くに居た私をスルーし、二匹ともフレーレを狙った。……なんだか腑に落ちない。

「きゅん！」

メイスだと当てにくいのかフレーレの攻撃はほとんど空振りする。

シルバがジャンプしてバットを追い払っていたので、その間に私はアイアンスパイダーを倒し、こちらを見ていないバットを斬って倒す。

「きゅーん！」

シルバがもう一匹のバットを捉え、爪で羽を引き裂き、地面に叩き落としていた。そこにフレーレのメイスが命中し、バットは潰れて息絶えた。あ、こっちはお金になった。

「び、びっくりしましたー」

「こっちも終わったよ。シルバも頑張ったな」

「きゅん♪」

レイドさんに撫でられ、尻尾をぶんぶん振るシルバ。

意外とこの子も戦力になっているみたいね♪

もう魔物が居ないことを確認するため周りを見渡すと、部屋の隅に宝箱があった。

「あ！　宝箱！」

「そうそう、魔物が居る部屋には宝箱やアイテムがよくあるんだ。良いのが入っているといいけど、浅い階層だとだいたいお金かなにも入っていないことが多いね」

私とフレーレは初の宝箱を前に目をキラキラさせていた。

大したものは入っていないかもしれないが、私達の初報酬みたいな感じなのでやはり嬉しい！

さて開けてみますか……

◆◇◆

――今日は大きめの鹿を獲ってご機嫌のレジナが、町をテクテクと歩く。

命の恩人、ルーナが寝床にしている宿の庭に小屋を作ってもらい、今はそこで生活をしている。

獲物を持って裏口で吠えると、小屋を作った人間が出てきて獲物を解体してくれることを最近覚え、今日も早速小屋へ戻った。

しかしそこで異変に気づく。

「きゅきゅーん……」

「わふ？」

ルーナが「シロップ」と名付けてくれた子しか小屋内に居なかった。

シロップが寂しそうに鳴いているので、小屋に入り顔を舐めると少し元気になったが、やはり尻尾は下がったまま。

そして周りを見ても、シルバと名付けられた子はどこにも居ない。

少し待ってみたが、戻ってこないので心配になり、散歩道を歩いて回ったが見当たらなかった。

「わふ……」

一体どこへ行ってしまったのか。まさか連れ去られたか、魔物に襲われたのでは……

項垂《うなだ》れてとぼとぼと戻ると、小屋を作った人間が鹿を解体しているところだった。

「……お、帰ってきたのか……。青い布のチビが昼間出ていったけど、大丈夫なのか……？」

レジナはマスターの言っていることは理解できなかったが、シルバがどこかへ行ったことはわかった。

そこでルーナの言葉を思い出す。

「（これからしばらく戻ってこられないけど、ついてきちゃダメだからね？　違う町だとあなた達も勝手に歩けないと思うし……）」

レジナは息子がルーナを追ったのだと気づいた。

こうしてはいられない。もう夜になるが、早く後を追わなければ。

「お、おい。どこへ行くんだ！　もう暗くなるぞ！」

マスターが声をかけるも、レジナはシロップを背中に乗せ、かすかに残る匂いを頼りに町を出ていった。

◆◇◆

「ゴクリ……」

宝箱を前にして、私は思わず唾を呑み込む。

人生初のダンジョン宝箱だ、緊張せずにはいられない……

「そんなに緊張しなくて大丈夫だよ。多分罠もかかってないから開けて大丈夫だ。あ、でも念のため、後ろから開けてくれるかい？」

「わたしもダンジョンの宝箱を開けるのは初めてですし、ちょっと緊張しますね」

フレーレが一緒に開けようと隣に来る。

「じゃあ……開けるよ？」

「はい！」

ギィイ……

少し錆びついた蝶番《ちょうつがい》の擦《す》れる金属音が響き、宝箱の蓋が開く。

そして中に入っていたのは……！

「あーあ、銀貨三枚かあ」

「残念でしたね！　でも楽しかったです♪」

「きゅんきゅん！」

開けた宝箱に罠はかかっていなかった。しかし、入っていたのは底のほうに銀貨三枚だけという、なんとも切ない報酬だった……くすん。

「はは、最初の階層ならこんなもんだよ。下の階は良いものが入っていたりするから、今後のお楽しみってところかな？　でも罠が仕掛けられていることが多いから、シーフの技能がないとなかなか開けられないけどね」

俺は無理矢理開けるけど、となぜかドヤ顔をするレイドさん。珍しい顔を見た気がしてつい笑ってしまった。

で、私達は今日の探索を終えて、昼間に出会った、シアという子が居るレストランで早めの夕食を取っていた。

レストランに動物は……と心配だったが、シルバは膝の上から動かさないという約束でなんとか入れてもらえた。

「結構疲れましたね」

まだまだ体力はあると思っていたが、緊張のせいもあり、時間の感覚がわからなくなるので油断できない。

実際、ダンジョンから出てきた時には五時間が経っていた。

「稼いだお金は一人銀貨が八枚……山の宴で一日バイトするよりはいいかな？　階層が下になれば稼ぎもよくなるんですよね？」

町の商店に曲がった鉄や、折れた剣などを売り、魔物から手に入れたお金を山分けしながら私はレイドさんに尋ねる。

「そうだな。でも他の冒険者から情報は基本出回らないし、地道に探索することになると思うけどね」

レイドさんは銀貨一枚のハンバーグにかぶりつきながら、夢のない話をする。

「わたしは少しでも稼げればいいので……」

「でもフレーレが一番お金を必要としているよね？　一か月でどれくらい稼げるかわからないけど、諦めないでいきましょう！」

「ルーナは前向きですね、わたしも見習わないと！」

そう言って銅貨八枚のパスタを食べ始めるフレーレ。

私も負けじと、銅貨七枚のとんかつ定食を食べていると、思い出したようにレイドさんが私に問いかけてくる。

「そういえばルーナちゃんは『狩人』なんだよね？」

「そうですよ、父と同じジョブですね！」

「ずっと気になっていたんだけど、どうして弓を使わないんだい？　隻眼《せきがん》ベアを倒した時に持ってたろう？」

う、ついにその質問が来たか……恥ずかしいのであまり言いたくなかったんだけど……

「あー、その……父は弓を扱うのがとても下手で……教えてもらえなかったんですよ。一応、独学で使えるようにはなりましたけど……」

「弓が下手って……どうやって狩りをしていたんですか？　お父さんも狩人なんですよね？」

フレーレの言うことはわかる。私もあんな狩人を見たことがない。

「獲物を見つけたら一気に近づいて剣でザクリ！　これだけなの……鹿みたいに逃げるのを追うのは苦手で、魔物みたいにこっちに突っ込んでくる獲物はかなり得意だったわ。『どうせソロだと弓は最初の一撃だけなんだから、剣を覚えろ！　剣を！』って無理矢理やらされた感はあるかも……」

「……それは本当に狩人なんだろうか……」

レイドさんが呆れた感じでハンバーグをフォークに刺しながら言う。私もどうかなとは思うんだけどねえ……

「ま、まあ、今は療養中なんで大目に見てもらえると助かります！　そういうわけで私は剣を使ってるんですよ。今日はレイドさんとフレーレがいたからか、特に調子が良かったですね」

「ふーん、ルーナちゃんの剣技は悪くなかったから不思議に思っていたけど、そういうことだったのか。じゃあ、たまには弓の練習をしてもいいよ？　地下二、三階までなら多分大丈夫だろうし」

最後にスープを飲み干し、ごちそうさまと、レイドさんは食事を終えた。

「わたしもメイスで前衛ができますから、弓を使ってもいいと思います！　あ、早く食べないと……」

フレーレも今日の探索は楽しかったようで、自《みず》ら《か》前衛をやると言い出した。

三人だけど、やっぱりパーティは楽しいよね。

レストランでの夕飯が終わった後、宿に向かいレイドさんは一人部屋へ。

フレーレと私は同室なので、疲れを取るため、一緒にお風呂へ入ったり、お互いをマッサージし合うなどをして旅行気分を味わっていたが、明日に備えて今日は早めに寝ることにした。

いい夢でも見られるといいんだけど……そんなことを思いながら目を閉じると、眠気はすぐに訪れた。

◆
◇
◆

シルバと命の恩人、ルーナを捜すためにレジナは走っていた。

〝アルファの町〟から、街道沿いにシルバとルーナの匂いが残っており、そこを辿ることで見つかると思ったからだ。

途中、冒険者や商人とすれ違うことがあったが、レジナの足が速いことと、首にスカーフが巻いてあるおかげでどこかの飼い犬だろうと、捕獲や攻撃をされなかったのは僥倖《ぎょうこう》であった。

いよいよ匂いが近くなり、〝ガンマの町〟の近くまで来た頃にはすでに日が暮れていた。

「きゅんきゅーん……」

お腹を空かせたシロップが背中で小さく鳴く。

もう少しで到着するので我慢してもらおうと思ったが、休憩をしながらとは言え、一日半ほど走り続けているのでレジナも空腹と疲労が溜まっていた。

町の入り口はすぐそこだが、すぐにルーナが見つかるとは思えないと考え、なにか獲物がないか近くの林へ入ったのだが、これがいけなかった。

ここは自分達の良く知らない場所ということを、疲労で忘れていたからだ。

ガチャン!!

「キャン⁉」

少し林の中を歩いたところで、レジナは狐罠……いわゆるトラばさみに引っかかってしまった。

この辺りは狩人が仕掛けた罠がある狩場だったのだ。

「きゅん⁉」

ぽろっと背中から落ちたシロップが、レジナの足から出ている血をぺろぺろと舐める。

レジナはなんとか脱出しようとするが、がっちり挟まってしまい逃げることができなかった。

そして……

「お、なんか罠にかかってるぜ？」

「こりゃあ……シルバーウルフじゃねぇか⁉　北の森にしかいないのが、どうしてこんなところに……」

「きゅん！　きゅん！」

「ガウウゥゥゥ!!」

「ほう、子供も一緒か……こっちの大きいほうは毛皮も肉も高く売れるし、子供の狼も貴族の道楽者がペットとして買ってくれるな……へへ、今日は儲けたな！」

なおも鳴き続けるシロップを一人が抱え上げる。

「いや、待て。なにか首に巻いているぞ、飼われているんじゃないか？」

「取っちまえばわからねえよ！　ほら、そっちの大きいのを早く絞めちまえよ」

男が急かすように言うと、もう一人がナイフを片手にレジナへ近づく。

「……すまんな、こっちも生活がかかってるんだ」

◆◇◆

「ダメ！　レジナ！　シロップ！」

私はお布団を撥《は》ね除けながら飛び起きた。

酷い汗を掻き、ドクンドクンと激しく脈を打つ心臓の音が部屋中に響いているような錯覚に陥《おちい》る。

「はあ、はあ……夢……？　良かったあ……」

ベッドへ大の字になって倒れ込む。いい夢をと願って眠りについたのになあ……

　レジナがトラばさみにかかってしまい、狩人に皮を剥がされ、シロップはいずこかへ連れていかれるという、悪夢としか言えない夢を見てしまった。夢の中のレジナの諦めた瞳が脳裏に浮かび、頭を振る。

「あーあ……汗びっしょり……着替えないと……」

　カリカリ……カリカリ……

「きゅーん……」

「シルバ？　どうしたの？」

「！　きゅん！　きゅん！」

　物音がすると思ったら、シルバが部屋のドアを爪でカリカリしていた。トイレは部屋の中に作っているし……どうしたんだろう？

「きゅん！」

　焦っているのか、急にドアに体当たりをするシルバを見て、ただごとではないと直感する。それと同時に、さっき見ていた夢を思い出す。

「まさか……」

　シルバを連れて私は着の身着のままで宿を抜け出した。

　シルバはふんふんと鼻を鳴らし、様子を探る。

「もし……もし夢と同じならこっち……！」

私は〝アルファの町〟に繋がる街道の方向へと走り、町を出ると近くの林の中へ入る。

暗いのでナイトビジョンを使って辺りを捜す。

「レジナ、シロップ……居るなら返事をして……」

「きゅーん！」

追いついてきたシルバを抱きかかえて、林を探索する。

夢ではここにトラばさみがいくつかあったはずだ。

しばらく歩いていると、少し左からか細い声が聞こえてきた。

「――ん……きゅーん……」

「わふ……わふ……」

ガチャガチャとトラばさみを必死で外そうとするレジナとシロップを見つけた！

夢じゃなかったんだ！

「待ってて、今助けるからね！」

「きゅーん♪」

シロップが私の姿を見つけて歓喜の声をあげる。レジナは申しわけなさそうに鳴いた。

「くぅーん……」

「シルバもだけど、あれだけ言ったのに来ちゃうから……《ストレングスアップ》……ぃよいしょ……っと！」

ギギギギ……

力任せにトラばさみをこじ開け、レジナを助け出すと、かがんでいた私の胸に頭をすり寄せて鳴いていた。

シロップはずっと手を甘噛《あまが》みしたまま放そうとしない。

「よしよし、怖かったわね。もう大丈夫だから宿へ帰りましょ！」

「わふ」

歩き出そうとしたところで、ガサガサと足音、さらに話し声が聞こえてきた。チビ達を胸に抱えレジナと一緒に木の後ろに隠れた。音のするほうをチラっと見ると、たいまつの火が少しずつ近づいてくる。

「うーん、今日はハズレだな……ここもかかってないぜ」

「ですねえ……あ、でも血の痕がありますよ。逃げられたのかもしれませんね」

「ホントだ。力任せにこじ開けてやがる、よっぽどの怪力をした魔物か動物だなこりゃ。実はゴリラとかな！」

「ははは、この辺にゴリラはいませんって！　もう少し奥にも仕掛けてますし、そっちも見ておきましょう。イノシシか鹿でも取れてないかなあ……」

「おう、しかしこうも獲物がとれないんじゃ商売あがったりだ……俺も冒険者になるかねえ……」

「おやっさんじゃ魔物の相手は無理ですよ……そういえば今日は、どこかのパーティが噂のダンジョンを地下三階まで下りて、ギルドからごちそうを振る舞われたらしいですよ。羨《うらや》ましいなあ」

「まったくだ。ま、仕方ねぇ、俺達は俺達のできることをするしかねぇやな……」

おじさんと若者の二人組は、ぶつぶつと文句を言いながら林の奥へ消えていった。

「(あの人達……夢でレジナの皮を剥いだ人達だ……⁉ 間に合わなかったらあの夢のとおりに……?)」

なんだかうすら寒くなり、レジナの首をぎゅっと抱きしめて温かい感触を確かめた後、怪我をしているレジナを背負い、おチビ二匹は胸元へ入れて歩き出す。

「それじゃ、行きましょうか！ ……というかゴリラとはなによ、ゴリラとは⁉」

安心したらなんだか腹が立ってきて、ぷんすかしながら宿へと戻ったのだった。

でも正夢にならなくてホントに良かった。

「で、今日からその親子も連れていくのか」

翌朝、朝食の場で昨晩のことを説明すると、レイドさんが困ったような呆れたような顔でコーヒーを飲みながら私に聞いてくる。

「え、ええ。今は〝アルファの町〟に戻ってくれないと思いますし、かといって置いていくと昨日みたいな目にあったり、〝ガンマの町〟の人に追い出されたりするんじゃないかと思って……ダメですか……？」

「はい、レジナはこれで大丈夫ですよー」

フレーレがレジナの足にヒールをかけて、レジナの頭を撫でていた。

「まあシルバも頑張っていたし、大丈夫かな？　ただし、なにかあっても自己責任だからな！」

「わふ！」

「きゅん！　きゅん！」

後から来た二匹は尻尾を振って大喜びだ。レイドさんも口では厳しいけど、やれやれと言いながらも目は優しかった。余裕がある大人ってかっこいいなあ。

「今日はどうするんですか？　まだ地下一階を探索しますか？」

フレーレが朝食の目玉焼きを食べながらレイドさんに尋ねる。今日はシンプルなハムエッグに、サラダと食パンだ。

仕事とはいえ、美味しい朝食を用意してくれる上に、レジナ達を見ても「仕方ないねぇ」と招き入れてくれた宿屋のおばさんには頭が上がらない。なにかお土産を買ってこよう。

「そうだね。まだ地図の東側はあまり埋まっていないから、今日はそっちかな。もし埋められたら明日は地下二階へ下りてみよう」

「じゃあ頑張らないと！　昨日もう地下三階まで行ったパーティも居るみたいですよ」

「みたいだな。早い者勝ちではあるけど、急いで危ない目にあっても仕方ないし、俺達は俺達のペースで行こう。お前達にも期待しているからな？」

そう言いながらレイドさんは、狼親子の頭を撫でる。なんだかんだで動物が好きなんだと思った。

◆　◇　◆

「これで一階の東側もほとんど回りましたよ！　地下二階の階段も一番右上にありましたし、わかりやすいところでいいですね」

朝食後、相変わらず長蛇の列を並び、ダンジョンに下りてから数時間。ついに私達は二階への階段を発見したのだ！

　今はその階段の近くで、改めてマップを見ている最中だった。

「よく見ると、真ん中から少し右下は、ぽっかり穴が開いたみたいになっていますね？」

　フレーレが私の持っている魔法板を見て呟く。気になるところだけど、ここは壁を調べてもなにもなかったのだ。

「そういうこともあるよ。もしかしたら、下の階から上がって入れる部屋になっているかもしれないから、覚えておいて損はないかな。地下二階に下りた時、座標を見ながらその付近を調べると思わぬ収穫があったりするから、マッピングは大事なんだよ」

「そうなんですね、勉強になります！　でも今日も順調に進んで良かったですよね」

「レジナ達も頑張ってくれたし、ルーナも調子が良かったんじゃないですか？」

　フレーレの言うとおり、私は絶好調だった。

　馬型の魔物〝チャージホース〟と戦った時は一撃で急所を狙い撃ちできたり、ヴァンパイアバットを正面から剣で叩き落としたりと勘が冴えまくっていた。

「わふ！」

「きゅんきゅん！」

「きゅーん♪」

「よしよし、かわいいかわいい！　宝箱を代わりに開けてくれて助かるよー」

レジナ達は宝箱を開ける役割をしてくれていた。

今日は宝箱を開けるとたまに矢が飛んできたが、シルバ達は小さいし、レジナでも姿勢が低いので矢が当たることはなかった。

レイドさんが言うには、宝箱に化けた魔物や、毒ガスが吹きかかる罠もあるという。危ないから地下二階以降は自分が開けると言ってくれた。優しい。

「じゃあ今日はそろそろ帰ろうか。明日は地下二階へ行くから、解毒ポーションみたいなアイテムを……」

明日の確認をしながら町へ戻ろうとした時、階段から人影が現れた！

「おお、人が……！　助かった！　あ、あんた達……ポーションを持ってないか？　連れが酷い怪我をしてしまったんだ……」

歳は二十歳前後だろうか？　階段を上りきったその男性は少し疲れた声を出しながら、背負っていた女性を下ろし、私達に助けを求めてきた。

◆◇◆

「いらっしゃ……なんだ侯爵様か」

イルズは新聞を畳みながら珍しい来客の対応をする。侯爵ことフォルティスは、滅多にギルドに来ないからだ。

「なんだ、とはご挨拶だな。私が来てはいけないというルールはないだろう？」

「ま、そうだな。でも一体どうしたんだ？」

イルズが目的を尋ねると、フォルティスは若干目を泳がせてから一呼吸し、そして用件を告げた。

「……あれだ、この前の娘に会いに来た」

その言葉を聞いてイルズは一瞬キョトンとなったが、すぐに真顔になる。

「この前の……本気だったのか……？　俺はてっきり酒の勢いかと思ってたんだが……」

「冗談で告白などできるか。あれから会いに来ると言ったものの暇がなくてな……ようやく今日休みが取れたんだ。彼女……ルーナと言ったか？　今は依頼の最中か？」

「そういうのはいくらお前さんでも言えないからな？　まあどちらにせよ、今この町にルーナちゃんは居ないから、いくら待っても無駄だぞ」

フォルティスは「どういうことだ？」とイルズを問い詰める。まさかあの時の告白で逃げられたのでは……という考えが脳裏に浮かんだが、返答を聞く限りそうではないらしい。

「〝ベタの町〟の伯爵の噂は知っているか？　宿泊させた冒険者の女性を夜這いするってやつだ）」

　声を小さくして話してきたのでフォルティスもそれに倣《なら》い、ひそひそと喋り始めた。

「噂程度なら。しかしそれが今、なんの関係があるのだ？」

「ルーナちゃんが先日その被害にあいかけたんだよ。で、俺はそれを報告として聞いた。その後、彼女が誘拐されそうになったり伯爵が指名依頼で彼女を雇おうとしたりと、キナ臭い感じでな。誘拐については証拠はないし、うまく逃げられている。伯爵の依頼は俺が却下したから今のところは大丈夫なんだが……」

「ふむ」

「この町に居たら危険だということで、レイドともう一人を連れて、最近ダンジョンが発見された〝ガンマの町〟へ行ったんだよ。だからしばらくは会えないと思う。まあ、二度と帰ってこないわけじゃないから安心しろ」

　一連の話を聞いたフォルティスは、目を閉じてゆっくり考える。せっかく休みに会いに来たのに居ない……しかもそれが貴族の仕業……

　いろいろ考えた末、目を開けてフォルティスはギルドを後にすることにした。

「わかった、情報提供感謝する。また様子を見に来るとしよう」

「おう、残念だったな！」

ヒヒヒと意地の悪い笑い声を背中に浴びながら、待たせていた馬車に乗り込む。

もしルーナが居ればこの馬車で一緒に町を散策するつもりだったのだが……

「……パリヤッソ、〝ベタの町〟の伯爵を少し調べてくれないか？　費用は私持ちで構わない。例の噂を中心にできるだけ情報がほしい」

馬車の中に居たパリヤッソと呼ばれた初老の男は、フォルティスの執事であった。

その男が頭を下げオーダーを受け入れる。

「かしこまりました。三日以内にはお手元へお届けしましょう」

「二日だ。お前ならできるだろう？」

「はは、これは手厳しい……必ずや……」

そう言うと、移動中の馬車にもかかわらず、パリヤッソはスッと姿を消したのだった。

「さて、今日のディナーはどうするかな……」

返答に満足したフォルティスは、のんきに夕食のことを考えながら、馬車に揺られ自宅へと戻っていった。

そんな〝アルファの町〟は今日も平和だった。

◆
◇
◆

「《シニアヒール》」

フレーレの回復魔法が、地面に寝かせていた女性冒険者に降り注いだかと思うと、見る見る内に怪我が治っていった。茶髪のポニーテールをした、美人というよりもかわいらしい感じの人だった。

「おお……！」

傷が消えるのを見て男性は声をあげる。

彼女は火傷を負っていて、顔や腕はかなり焼けており、痛みで気絶したのだと男性は語った。

その男性も傷だらけだったので、フレーレが治してあげる。

「一体なにがあったんですか？　地下二階ってこんな大火傷をするような魔物が居るんですか？」

詰め寄って質問する私に、少し気圧《けお》されながらも男性冒険者は口を開いた。

「その前に名乗らせてくれ、オレはライノスで、この子はアイビスという」

「私はルーナって言います」

「俺はレイドだ」

「わたしはフレーレです。多分もうすぐ目を覚ますと思いますよ！」

「わふ！」

「きゅん！」

「きゅんきゅーん！」

狼親子も尻尾を振って挨拶をしていた。

「何度も言うけど、本当に助かったよ……オレ達はモスという男のパーティに一時加入で入っているんだけど、地下二階で〝ファイヤーフライ〟の群れと遭遇してね。敵の数が多かったからオレとアイビスは逃げようと言ったんだが、リーダーのモスが戦闘の指示を出し仕方なく……それで分が悪くなったところで俺達を囮《おとり》にして、元のパーティメンバーだけで逃げ去ったんだ……」

「ファイヤーフライの群れか……あのハエは一匹か二匹なら対して脅威じゃないけど、まとまって襲われるとブレスがきついんだよなあ。小さいし」

レイドさんがどこかで戦ったことがあるのか、しみじみと言う。

そして仲間を置いて逃げる……どこかで似たような話を聞いたことが……

そう思っていると、フレーレがぷりぷりと怒り始めた。

「自分で戦うと言ったのに逃げたんですか？　許せませんね！　仲間を置いて逃げるなんて天罰が下るといいんです！」

「はは、ホントですよ……それでなんとか近くの部屋へ入ってやり過ごした後、ここまで這うようにして逃げ帰ってきたってわけです。アイビスもオレと一緒で一時加入メンバーだったから、放っておけなくてね」

「なんにせよ運が良かったな。メンバーが死ぬのは見たくないもんだし……そうだ、一緒に町へ戻るか？　俺達はもう今日の探索は終了の予定だけど」

レイドさんがライノスさんへ提案したところで、アイビスと呼ばれていた女の子が目を覚ました。

「う、ううーん……おはようございますぅ……」

間延びした喋りが緊張感をなくすが、どうやら回復できたらしい。

「アイビス、この人達が治療をしてくれたよ。歩けるかい？」

「あーライノスさんー。私達、助かったんですねぇー！　申し遅れました、私、アイビスと申します。助けていただいてありがとうございますー！」

ふらつくこともなく立ち上がり、ぺこりと頭を下げて私達を見回した後、チビ達に目を向けた。

「あらぁ！　かわいいわんちゃん！　おいでー♪」

しゃがみ込んでシルバとシロップを呼ぼうとするが、ライノスさんに止められた。

「それどころじゃないから！　町に戻ってギルドに報告しないと！」

「うーん、残念ー……わかりました！　では行きましょー！」

「あはは……あれだけの火傷を負っていたのに……のんきな人ですね……」

「そうね……全然ショックを受けた様子もないみたい……」

私とフレーレは、マイペースなアイビスさんを見て苦笑いを浮かべた。


ダンジョンの帰り道は魔物もそれほど多くなかったので、すんなり戻ることができた。

ライノスさんは軽装備の速さを活かした戦士で、アイビスさんは属性魔法使いだった。

火属性が得意で水属性が苦手らしく、ファイヤーフライ相手では役に立てなかったと嘆いていた。

五人と三匹になった私達は楽勝モードですぐ町へ戻り、ギルドでライノスさんの報告を横で聞いていた。

「……話はわかった。さっきリーダーのモスが契約は破棄だと告げていったよ。やつの言い分は『あいつらは役に立たない上に、先に逃げやがった』と言っていたが……」

「確かに実力はあまりなかったかもしれません。しかし、ファイヤーフライと戦うと言ったのはリーダーのモスさんですし、先に逃げたのもあの人ですよ？」

「そうなのか？　やつめ、この俺に嘘を……後で締め上げねばならんか。どちらにせよモスが勧誘し、モスが一方的に契約を切ったから、お前さん方には金貨二枚ずつ渡すぞ。罰金としてモスから回収しておいたが、先に逃げたのがやつならまだ搾り取れる。その時はまた声をかけさせてくれ」

ライノスさんはお金で逃げる気かと、納得いっていない感じだったけど、それよりも早く抜けたかったのか、契約書をギルドマスターに渡してパーティから抜けた証明を受け取った。

「私もーお願いしますねー」

アイビスさんも契約破棄の証明をもらい、晴れて二人はパーティを抜けることができた。

「処理は完了だ。モスのパーティは次に会ったら締め上げておくよ、別の町からわざわざ来たのにすまなかったな」

「いえ……それでは……」

　ハダスさんが申しわけなさそうに見送ってくれた後、ギルドの入り口で解散しようとしたところでアイビスさんから声がかかった。

「あのぉー、もし良かったら夕食をごちそうさせていただけませんかぁ？　金貨も入りましたし、助けていただいたお礼もしたいですしー」

「あ、いえ。わたしがシニアヒールを使っただけですし、気にしなくていいですよ？」

　フレーレは回復で助けてあげた、それを言ったら……

「私なんてなにもしてないですし……」

「ううんーそんなことないよぅ。帰り道一緒に戦ってくれたしー。それにぃワンちゃん達とも遊びたいですしーぜひぜひ♪」

「オレからもお願いしたい。なくなっていたかもしれない命だ、むしろ食事くらいで申しわけないが……」

　ライノスさんも頭を下げて、ついてきてほしいと言う。

「そんなことないですよ！　レイドさんどうします？」

「そうだな、ここはお言葉に甘えるとしようか。あまり遠慮するのも逆に失礼だしな」

「ありがとうございますぅ♪」

　再び五人と三匹と連れだって、私達はレストランへ向かう。

今日は収入が良かったし、助けたお礼で夕食もごちそうになって、ラッキーだったなあ♪

でも二人はこれからどうするんだろう？　そんなことを考えながらレストランの扉を開けるのだった。

しかし、この日を境にダンジョンに不穏な空気が立ちこめる。

〝帰ってこない〟

そんな話がギルドに流れ始めたのだ……

◆　◇　◆

『あれ？　ここに部屋があったはずなのに階段になってる……!?』

ここは〝ガンマの町〟にあるダンジョンの地下三階。地下四階へと下る階段の前なのだが、様子がおかしい。

『誰がこんなことを……？　ここまでは間違いなくボクが造ったダンジョンだけど、地下四階なんて造ってないぞ……。知らない間に余計なことをしてくれるじゃないか……

まさかこの下に部屋を移動したってのか？　……おや？』

自分の造ったダンジョンが勝手に変えられている。思案していたところに、どこからか声が響いてきた。

「一体どこまで行くつもりなんだ！　もう地下三階だぞ！　いくらなんでもこれ以上進むのは危険すぎる！」

クレイモアを携えた戦士が、ずんずんと前を歩いていく男に話し……いや怒鳴りつけていた。

すると前を歩く男は足を止めて言い返す。

「やつらが生きてやがった……しかも、俺達が置いて逃げたことをギルドマスターにチクりやがってな。なんらかの処罰をすると……」

苦々しい顔のその男は、ライノスとアイビスを置いて逃げたパーティのリーダー、モスだった。

その意味に気づき、戦士が黙り込むと、続いてシーフの男が口を開く。

「そのことか……置いて逃げたのは間違いないから、生きていたのなら処罰は当然だろうな。しかしあの二人を勝手に追い出したのはお前だろう？　それは流石《さすが》に責任持てんぞ」

その後に小さく呟いた『だからどさくさに紛れて殺しておけば』という言葉は、二人には聞こえなかった。

「パーティなんだから一蓮托生《いちれんたくしょう》だろうがよ！　いや、それは……まあいい……ここまで来た理由はあれだ、なにか手柄を立てればお目こぼししてもらえるんじゃないかと思ってだな……ほら、新しい通路とか階段とかな……」

「そういうことか……しかし、ここまでは強力な魔物に会わずに来られたからいいが、本格的に探索をするなら準備が足りないぞ」

ギルドへ出向いたモスが慌てて戻ってきたと思ったら即ダンジョンへ駆け込んだから戦士の男が言うのも尤《もっと》もである。

朝が早かったこともあり、すぐダンジョンへ入れたので気にせず進んだが、地下二階のファイヤーフライに苦戦したのはつい昨日のことだったため、まさか地下三階まで下りるとは思っていなかったのだ。

「ふん、俺は戻るぞ？　そしてパーティは抜けさせてもらう。昔のよしみで組んでいたが流石《さすが》にもう無理だ。アホなリーダーにはついていけん」

「な、なんだと！　お前――」

なおも言い争いを続ける冒険者を陰から見ていたのは、いつか独り言を呟いていたあの人影だった。

『(おーおー醜いねぇ♪　人間はこうでなくっちゃ面白くない！　さて、地下四階はボクにとっても未知の領域……そしてダンジョンの改変はボクを知っているやつの仕業の可能性が高い。となると、ボク専用のトラップがないとも限らないから、手駒は必要だよね？)』

そう決めた瞬間、その人影はロングヘアの女の子の姿になっていた。

そして息を吸って、通路の角から飛び出す。

『きゃあぁぁぁぁ！　誰か！　あ！　そ、そこのお兄さん達！　た、助けてください！』

叫びながら冒険者達のところへ走り、モスに抱きつく。

「お、おお!?　女の子……こんなダンジョンに……？」

訝《いぶか》しむモス。しかし女の子は、

『わ、私……無理矢理ここに連れてこられたんです……その、乱暴目的だったみたいで……』

ひっくひっくと嗚咽しながら経緯を話す。なるほど、胸は小さいが顔立ちは整っている。

「で、どうやって逃げてきたんだ？」

『は、はい……ここまで来ればとか言いながら部屋へ連れ込まれたんですが、そこに魔物が居まして……連れてきた人がやられている間に逃げてきました……』

「それは災難だったな。俺達は一度町へ戻るから一緒に来るといい」

と、モスは言うが、頭の中ではこの女の子を襲おうと考えていた。

『え！　本当ですか！　ありがとうございます！』

「じゃあ行こうぜ」

『え？　通路はこっちですよ？』

「……こっちのほうが近道なんだよ、ほら行くぞ！」

『あ、ちょっと待……』

モスが女の子の手を引っ張り部屋へ連れ込む。

この部屋はさっきモス達がルームガーダーを倒したので魔物は居ない。

続いて戦士とシーフも「好きだねぇまったく」などと言いながら、一緒に部屋へ入っていく。

さっきまでいがみ合っていたのに、こういう時は心が通じていた。

バタン！

扉が乱暴に閉じられ……

『ごちそうさま♪』

女の子の無邪気な声が部屋から聞こえてきた。

……わざわざこんな地下へ、女の子を乱暴目的で連れてくるはずがない。

少し考えればわかりそうなものだが、悲しいかな、モス達は選択を間違えたのだった。

◆　◇　◆

「んー！　いい天気！　絶好のダンジョン日和ね！」

「え⁉　ダンジョンは地下ですから、お天気は関係ないですよね⁉」

朝から私の冗談を真に受けるフレーレはさておき、私達は今日もダンジョンを目指す！

……でもこんなに天気がいいと、釣りがしたくなるわね……。

そんな個人的趣味は置いておくとして、昨日の収入は、なんと金貨三枚近くになった！

ゆがんだ鉄板や、チャージホースのたてがみ、ヴァンパイアバットの羽などの素材が意外に高く売れたのだ。

いつもうまくいくとは限らないけど、下りれば下りるほどいいものが手に入るなら……うふふ……と欲張りなことを考えていると、後ろからシロップを抱っこしたアイビスさんが歩いてくる。

「うふふーシロップちゃんはふわふわしていいですねー♪」

「きゅきゅーん……」

昨日からかわいがられすぎて、シロップはちょっと疲れていた。

後で回収してあげないと、と思っていたら、フレーレがシロップを取り上げる。

「もう、シロップちゃんが困っていますよ！　レジナさんにも構ってあげてください！」

「わふ」

「ああーごめんなさいねー♪」

「もうちょっと気を引きしめたほうがいいんじゃ……」

今度はレジナを撫で回しているアイビスさんを見ながら、ライノスさんが心配する。

そうそう、二人には昨晩レストランでご飯をごちそうしてもらったんだけど、その時に話を聞いていると、どうもアイビスさんは家出してきたみたいなの。

お父さんを見返してやるためにダンジョンに来たはいいけど、魔法を使える以外はからっきし世間知らずで、ギルドでキョロキョロしているところに声をかけられ、なんとなくパーティに入っていたらしい。年齢は十八歳でフレーレと同い年だった。

ライノスさんはもっと南にある〝ビューリック国〟出身で、修業のためにダンジョンに来たそうだ。

〝ビューリック国〟は私達の居る〝エクセレティコ王国〟とは同盟国なので、往来が簡単なのも理由なんだって。

で、私達もある意味修業中だし一緒に探索しませんか？　と提案したら「ぜひお願いしたい」と言ってくれて、本日は一緒に来ている。

「今日はギルドにも言ってあるけど、お試しみたいなもんだ。合えば一時加入してくれていいし、ダメだったら別に探してくれ」

レイドさんは地下一階への階段を下りながらそう言うと、ライノスさんは元気よく返事をする。

「はい、ありがとうございます！　まさか勇者であるレイド殿と一緒に戦えるとは思っていませんでした！　勉強させていただきます！」

有名人だけあってレイドさんのことを知ると、目を輝かせていろいろ質問していた。

「よしてくれ、俺は強くなんかないよ……。魔王を倒せなかったんだからな」

「でも……ふふ」

「ん？　どうしたんだい？」

「いえ、昨日の『俺は大したやつじゃないよ』の昔話を思い出して！　部屋に棲みつく魔物を倒した後、部屋から外に出ると死体がキレイになくなるあの話、面白かったです！」

「ああ……」

ダンジョンの部屋にいる魔物は倒した後、扉を閉めてまた中へ入ると、忽然《こつぜん》と死体が消えるのだ。

若い頃のレイドさんは、その秘密を知りたいと、部屋の魔物を倒した後その部屋でずっと死体が消えるのを待っていたことがあるそうだ。

「結局見ている間は死体が消えなくて、三日ほど粘ったところでセイラに見つかって怒られたんだよな……」

「昔のレイドさん、かわいいところあったんですねー！　意地になっちゃって♪」

「それ、妹にも言われたよ……まさかまた聞くことになるとは……」

とほほ、と珍しくがっくりしているのも、なんとなく親しみやすいと感じる。

「今日は地下二階！　ファイヤーフライは怖いけど、頑張ろうね！」

「きゅん！」

「きゅーん♪」

「わふわふ！」

「はい！」

入る時は緊張したけど、人数も増えてかなり楽になったので、その日は順調に探索を終え帰路に就くことができた。ファイヤーフライにも遭遇せず、マッピングも好調。

そしてライノスさんとアイビスは、今日の戦いの感触が良かったのか、一時加入してくれることになり、早速ギルドへ！

しかし到着したギルドの施設内は酷くざわついていた。どうしたんだろう？

第八章

「なんだか騒がしいですね？」

フレーレの言うとおり、ギルド内は騒然としていた。

とはいえ、全員がバタバタしているというわけでもなく、職員さんと一部の冒険者が慌ただしく動いていた。

「どうかしたんですか？」

ちょうど近くを通りかかった眼鏡の職員さんに聞いてみると、忙しいながらも答えてくれた。

「ああ、ダンジョンで死亡者が出てその手続きに追われているんだよ。流石《さすが》に地下三階ともなると魔物も強いみたいでね……。レベルの低い冒険者がその餌食になったってわけだ。まあ危険はつきものだが、こういうのを目の当たりにするとやるせないよな」

それだけ言い「それじゃあ」とまた仕事に戻っていった。先ほど慌ただしかった冒険者の一団は、亡くなった人のパーティだったのかもしれない。

「……俺達も油断すればああいうことになりかねない。注意して探索を続けよう」

私が落ち込んでいるように見えたのか、レイドさんが私の頭をくしゃりと撫でて、素材の精算を済ませに行く。

そんな中でフレーレが悲しそうな顔でぽつりと呟く。

「蘇生の魔法はありますけど、使える人はほんの一握りですからね。寺院でも蘇生は受けていますけど成功率は半々ですし、料金も高いんですよね……」

寺院で働くフレーレは実情がわかっているので、こういうのは辛いのだろう。

そしてライノスさんが口を開いた。

「地下三階は厳しそうだね。明日もまた地下二階を探索することになりそうかな？」

「地下一階でマッピングできていないところがあるんですけど、先に地下二階を全部調べることになりそうですね」

「ファイヤーフライだけはぁ、出てほしくないですねー」

あれはもう嫌だと顔を顰《しか》めて手を振るアイビス。今日は出なかったけど明日も出ないとは限らない。

注意して進むに越したことはないよね。

「お待たせ。今日は一人金貨一枚と銀貨八枚になるよ。はい、君達もこれを」

「ええ⁉　いいんですか……？」

「正式じゃないとはいえ、パーティはパーティだ。気にしないでいいよ」

「ありがとうございますー！」

ライノスさんとアイビスはレイドさんにお礼を言いながらお金を受け取った。

「昨日と今日で金貨五枚くらい……一か月で……」

お金を受け取ったフレーレはぶつぶつと計算をしているようだ。私もお父さんに送らないといけないし、少しずつ貯めとこうっと！　レジナ達の食費も必要だしね。

でも死者が出たのは怖いなあ、明日も気を付けて行動しよう。

地下二階。

今日はマッピングしていない場所の探索をすることになった。

ダンジョンの壁や通路、部屋の作りは地下一階と一緒だけど、出てくる魔物がガラリと変わるので結構厄介だったりする。

「私が行きますね！」

地下二階から登場した〝ジャイアントスネイル〟にフレーレのメイスが炸裂する！

この魔物、体がぬるぬるしていて剣だとイマイチ効果がない。そこでフレーレのメイスが大活躍していた。

ジャイアントスネイルは動きが速くないので、足に絡んでくる口からの粘液さえ躱《かわ》してしまえば、後は回り込んで頭に一撃加えるだけなのだ。アイビスの火魔法でもいいけど、魔力は使わないに越したことはないので、もっぱらフレーレが撲殺していく。

ぶちゅという嫌な音と共に頭が潰れ、お金に変わる。こいつは魔法で造られた魔物だったようね。

「ありがとうフレーレ！　……あ、そろそろ地下一階のマッピングできなかった場所の下ですよ？　ここも壁かあ」

「どこかに隠し扉があるかもしれないから、手分けして探してみよう。まあ、シーフの技能があるわけじゃないから、見つからなくても気にしなくていいからね」

「わかりましたぁー」

どことなく楽しそうなアイビスとフレーレが一緒に探し、レイドさんとライノスさんはそれぞれ一人で壁を調べ始め、私はレジナ達と一緒に行動することにした。

「わふわふ」

「きゅんきゅん……」

「きゅん」

狼達はなにをすればいいかわかっていないだろうけど、匂いを嗅いだり壁をひっかいたりしていた。子狼の動きはとてもかわいい……ダンジョン内なのに癒されるなあ。

「では早速私も……」

剣の柄で壁をコツコツと叩きながら歩く。

ゴンゴン、ゴンゴン……コンコン……

「おや？」

しばらく移動しながら叩いていると、一か所だけ音が軽いところが見つかった。

コンコン……

うん、やっぱり軽い。

「レイドさーん!!　ここ、なにか怪しいですよー！」

反対側を見ていたレイドさんが、みんなを引き連れてこちらへ合流した。

「確かにここだけ音が違うな……ふん！」

力いっぱい押してみるも反応はない。

「えぇーい!!」

するとフレーレがメイスで壁を壊そうと思いっきり振りかぶった！

ガツン！

「……手がジンジンします……」

手をフーフーしながら、涙目のフレーレができ上がっただけだった。うーん、音が違うってことは壁は薄いはずだし、いけると思ったんだけどなあ……

「オレがルーナさんの補助魔法をかけてもらって、メイスでぶっ叩きましょうか？」

「どうかなあ。《パワフル・オブ・ベヒモス》ならいけるかもしれないけど、他に方法はないかしら？」

みんなで頭を抱えていると、アイビスが鼻歌交じりに壁を触り始めた。

「～♪　あ、もしかしてぇ」

アイビスがなにかに気づき、壁をぐっと押しながら左へスライドさせると、ゴゴゴ……

と壁が動き、通路が出てきた。

「あ！　アイビスすごい！」

「えへへ～♪　お役に立てましたねー！」

「きゅん！」

「きゅーんきゅーん！」

「シルバとシロップもすごいって言ってるわね！」

「ありがとぅー」

二匹の頭を撫でているアイビスを見ながら、レイドさんがお礼を言いつつ指示を出す。

「助かったよ、こういう柔軟な発想は見習うべきだな……先へ進んでみよう」

「マップを見る限り広そうでしたけど、通路が直線ですね……あ、上り階段……」

魔法板とにらめっこしながら進んでいくと、一階へ続く階段が見えてきた。

それにしても……

「他のパーティもマッピングしているはずなのに、なんでここは調べられてないんですかね？　めちゃくちゃ怪しいのに……」

「お宝が優先だろうから、まずは下りられるところまで下りるんだと思うよ。俺は調査がメインだから、こういう怪しいところを先に調べたいけどね……っと、どうやら一階へ来たらしい。ライノス、俺と一緒に上がってくれるか、なにかあっても俺達ならなんとかなる」

「はい！」

私と入れ替わりにライノスさんが前へ出る。魔法板は首から下げ、私も剣を抜いて慎重に上っていく。

「わふわふ！」

「え？　先に行くって？」

「わふ！」

私のブーツに噛みついて引っ張るレジナ。どうやら自分が先に行って役に立ちたいようだ。

「気を付けてねー」

「相変わらず賢いですよね、レジナ」

フレーレがシルバを、アイビスがシロップを抱っこして後に続く。

「まあ、この町まで私を追いかけてきたりするから、悩みもあるけどね……」

「きゅん！」

「きゅんきゅーん！」

言葉がわかったのか、二匹が抗議の鳴き声をあげた。

「あはは、最初から置いていくなって言ってますよ、多分♪」

「……だったらちゃんとした首輪でもつけたほうがいいかなあ……」

「それでしたらぁ、いいお店がありますよぉー」

女の子三人で喋りながらゆっくり階段を上りきると、そこは大きな部屋になっていた。

奥に祭壇のようなものがあり、レイドさんが周りを調べ回っている最中だ。レジナが
その横でくんくんと匂いを嗅いでいた。

祭壇……気になる！

「レイドさーん！　どうですか？　危なくないですかー？」

「ああー！　大丈夫そうだからこっちにおいでー！」

チビ達を床に下ろし、ぞろぞろと祭壇まで進む。祭壇自体は大きくないけど……

「……これは……像……？」

中央には女性を象《かたど》った白い像がぽつんと置かれていた。

◆
◇
◆

『地下四階が最下層みたいだけど……なにもない。マジで？　ボクの封印ってどこいったの？』

地下四階をくまなく歩いてなにも見つけることができなかった少女が、行き止まりで茫然と立ちつくす。

しばらく考えたがまとまらないので、来た道を戻りながらまた一人ぶつぶつと呟く。

『女神の力が誰かに渡る心配はないから帰ってもいいけど……気になるよね？　というかボクの手元に水晶がないんだから、面倒だけど女神の力は回収しておくべきかな。で、別の場所に封印しよう！　そうしよう！』

その声に返答する者は居なかった。少女はつまらなそうな顔をしてから、扉の前で立ち止まる。

『どこかで見過ごしがあったかな？　一回戻る必要がありそうだね。そうだ……君達、悪いけど地下四階から戻りながら、もう一度ダンジョンの探索をお願いできるかな？　ボクはこの部屋で待ってるからなにかあったら報告して！』

三つの人影がこくりと頷くのを見て満足し、少女は部屋へと入る。

そして指示を出された人影はダンジョンの徘徊を始めるのだった……

◆◇◆

祭壇を前にして私達は付近を調べ始める。

マップを見る限り、地下一階のぽっかり空いた部分はここで間違いなさそうだった。

「像以外は、めぼしいものがありませんね？」

私は祭壇の後ろや横に隠し扉でもないかとくまなく探したが、それらしいものは発見できず、がっかりしていた。

「でも、隠されているからには意味がありそうですけどね……この像を動かしたりするとなにか起きるとか？」

二十センチほどの高さをした白い女性の像を見ながらフレーレがレイドさんに聞いてみるが、レイドさんはなにやら考え込んでいて聞こえていないようだ。

「レイドさん？」

私が声をかけると我に返り、慌ててみんなへ向き直る。

「お、呼んだかい？　ちょっと考えごとをね……すまなかった。とりあえず、その像を調べてみようか。危険だから俺が触ってみるよ」

　少し離れてと、私達を遠ざけてから女性の像に触れたり、持ち上げてみたりといろいろやっていたが、特になにか起こる様子はなかった。

「うーん、特になにも起こらないなあ……フレーレちゃん、この像になんか見覚えはないかい？」

「え⁉　そ、そうですね……町の寺院にある女神さまの像に似ている気がしますけど、こんなに小さいのは見たことありませんね」

「一応、これを女神像として考えるなら、ここは過去になにか祭祀をしていた場所かもしれないな」

「わざわざこんな場所で行《おこな》ったんでしょうか……？」

　ライノスさんが訝《いぶか》しんでいたが、祭壇以外なにもないので真実はわからない。

「じゃあー、それを持って帰って調べてもらったらどうですかぁー？」

　アイビスが像を指さして持ち帰ろうと言う。さっき持ち上げても大丈夫だったし、いいかもしれない。

「そうだな、持って帰ってまた持ってくればいいだろう。すまないが、少し借りるよ？」

レイドさんが祭壇に一礼をし、女神像（仮）を持ち上げて腰の袋へ入れる。

「それじゃあ今日は戻りませんか？　ダンジョンに入って六時間は経っていますし、調べてもらうなら早いほうがいいんじゃないかなと思うんですけど」

私の提案にみんな賛成して、町へ戻ることになった。とはいえ、ここから出られる扉があるわけでもないので、一旦地下二階へ逆戻りなんだけどね。

私達が階段へ向かおうとしたその時、誰かが上ってくる気配があった。

即座に反応したレイドさんとライノスさんが前を固めて、その後ろに私が。さらにその後ろにフレーレ、アイビスの順で武器を構える。

「……来るぞ」

緊張の中、階段を上ってきたのは……やけに軽装な男だった。

口元はバンダナか包帯のような布を巻いて隠し、髪は緑のツンツン頭、目は細めで鋭い。

その男が私達を見て口を開く。

「……ここを開いたのはお前達か……先を越されたな……」

酷く低い声でぼそぼそと呟き、ため息をつく。どうやらこの人もここを調べていたらしいが、私達のほうが早かったようだ。

「ここはさっき来たんですけど、もう私達が調べてしまいましたよ」

　私が伝えると、彼はびっくりしたような顔で私を見た。

「……お前は……！　いや、そうだな。もう少し早く来れば良かったか。なにか面白いものでもあったか？　ああ……名乗っていなかったな。俺はベルダー。ジョブはニン……んん。シーフだ……」

「ベルダーだな。俺はレイド。見てのとおり、奥には祭壇しかなかった。後はこの像が置いてあったくらいだ」

　お互い名乗り、袋から像を取り出して見せると、細い目をさらに細めてじっと見つめた。

「……なるほど、ありがとう。それは鑑定に持っていくのか？」

「ああ、調べてもらって、なにもなければまた戻しに来るつもりだ」

「……そうか。俺は少し祭壇を調べてみよう。それじゃあな……」

　そういって祭壇を目指すベルダー。すれ違う時、なぜか私をじっと見ていたような気がするけど……気のせいよね？

「なんだか不思議な人ですね？　そこに居るはずなのに、存在が不安定というか掴みどころがないというか……」

　フレーレがベルダーの背中を見ながらそんなことを呟くのだった。

と、ダンジョンで不穏な空気はありましたが、帰りに何体か魔物を倒して、今日も無事に町へ帰還できました！　これで美味しいご飯が食べられる……

でもその前にギルドへ顔を出して、隠し部屋のことを報告しないとね！

ギルドに入ると昨日より落ち着いており、職員さんにも余裕が見える。

「おう、お前らか。なんだ、その二人と一緒に潜ってるのか？」

声をかけてきたのはハダスさんで、今日は受付に座っていた。

ライノスさんとアイビスに気づくと、申しわけなさそうにモスについて話し出した。

「……実は昨日からモス達のパーティが帰ってきていないんだ。昨日の朝、ギルドに顔を出してきたからその時搾り取ってやろうとしたんだが、うまく逃げやがってな……ダンジョンに行ったことまでは確認しているんだが、それからの足取りがわからない。ダンジョンで一泊している可能性があるから見つけるまで時間がかかりそうだ、すまんな」

「いえ、大丈夫ですよ。どちらかと言えばあまり関わりたくありませんし、今はこの方達と共に満足な探索ができていますから」

「もうー、逃げ続けるなんてぷんぷんですねぇー」

すると別の冒険者が、今の話を聞いてハダスさんに喋りかける。

「モスの野郎帰ってきてねぇのか？　さっき地下三階で見かけた気がするんだけど違っ

たかな……帰ってこないと言えば、サモンのパーティも昨日から帰ってきてないんじゃないか？　俺達でも少し苦戦することがあるから、低レベルパーティは気を付けるよう通達を出したほうがいいぞ」

「そうか。昨日は死亡者も出たし、通達せねばならんな」

冒険者がそれだけ言ってその場を離れたのを確認した後、レイドさんが本来の目的を果たすために、ハダスさんへ再度声をかける。

「大変だなギルドも。今日は地下二階に隠し扉があってな、そこから地下一階へ上ると祭壇があったんだが……」

隠し扉のことを説明してギルドにいた鑑定士に像を見てもらったが、特に新しい情報は手に入らなかった。

「じゃあ明日、これを戻しておくよ」

「頼む。祭壇はこちらでも調べよう、またなにかあれば頼む」

私達はギルドを後にして宿へ戻る。

夕食まで少し時間ができたので、一度荷物を置いてから合流しようということになり、今はレイドさんの部屋でフレーレと一緒に今日のことを振り返っていた。

「結局あの祭壇がなんだったのか、わかりませんでしたね」

フレーレは寺院に聞いても良かったかも、と腕を組んで唸っていた。

「この像になにかヒントがあると思うんだけどなあ。まあ、隠し部屋を見つけた報酬はもらえたし、それでいいか」

報酬は確かにありがたいが、さっきの祭壇は私も気になっていた。なにもないってことはないと思うんだけど……

私も、手元にある像を調べてみようかな？

「さっきの像、見せてもらってもいいですか？　ちゃんと見てないんですよねー」

「ん？　もちろんいいよ……はい」

レイドさんが袋から取り出し、女神像（仮）を手渡してくれた。

「わーい♪　ふーん、なんだか陶器みたいな質感ですね？　結構細部まで……」

なんだろう、像を見ていると頭がふわふわしてくる……これ、はナ、ニ……？

「イ、いかな、い、と、ふう……い、んを、と、かな、いト……ハ、や、く、ミつカる……まエ、に……」

「ルーナちゃん？」

自分の意思とは無関係に体が勝手に扉へ向かって動き出す。なぜカ客観的に私を見てイるわたシがイ、タ。

「イカ、な、いト、デも、ど、コへ？　ワわ、タし、ししししし……！」

「がうううう‼」

「「きゅーん……」」

「ちょっと、ルーナ⁉　しっかりしてください‼」

「っ……⁉」

ガシャン‼

フレーレに思いっきり揺さぶられ私は意識を取り戻すことができた。それと同時に女神像（仮）を取り落としてしまい、像は粉々に砕け散ってしまった。

「あ、あれ？　私……？　あ⁉　ご、ごめんなさい！　像が……」

「そんなことはどうでもいい！　大丈夫か⁉」

レイドさんが両肩に手を置いて私の目を見てくる。なんだろう、なんであんな……？

「きゅーん……」

シロップが私の足に頭を擦りつけてきた。鳴き声が弱々しい。

しゃがんで撫でていたところで、粉々になった像のところに鍵と水晶のような玉が落ちているのを見つけた。

「これは？」

「どこかの……鍵みたいだな……こっちはなんだ？」

正体が掴めないものを三人で眺めている内に夕食の時間がきたので、とりあえずライノスさんとアイビスの二人と合流する。

どことなく気分が乗らないままレストランへ赴《おもむ》き、さっきのことを二人に話すと、心配そうな面持ちで黙って聞いてくれた。

明日は留守番をしたほうがいいんじゃないかと、アイビスに提案されるくらい、私の顔色は悪かったらしい。

しばらく話が盛り上がらない食事をしていると、近くの席から冒険者の話し声が聞こえてくる。

「また死亡者だってよ……今度はパーティが全滅していたらしい。あの地下三階の階段を発見したパーティが見つけたそうだ」

「マジか……どこでだ？」

「地下三階だ」

「なるほどな……いくら実入りが良くても帰ってこられないんじゃぁ意味がねえなあ。俺達は地下二階で地味に稼ごうや……それこそ『茨の剣』のパーティメンバーくらいの実力がないと、とてもじゃないが無理だな……」

「そうだな……」

話を聞いて、フレーレが身震いしながら言う。

「怖いですね……」

「ああ、しばらく情報が出るまで地下三階に下りるのはやめておこう。ルーナちゃんも体調が悪いみたいだし……」

そして全員に止められ、私は翌日、お留守番になった。

みんなが帰ってくるまでお買い物でもしようと思ったけど……

◆◇◆

「ぼへー……」

宿屋の窓から外をぼんやりと眺めているのは、留守番を任命された私、ルーナである。

昨日、像を持った時の私は、私じゃなかったような感覚があり、食事の後は体がだるくて少し熱も出ていた。

レイドさんに『今日は宿で安静にしているように』と真剣な顔で言われたので、『買い物をしたい……』などと言えるわけもなく、こうして部屋でボーっとしているしかなかった。

「熱は下がったけど、体はだるいわね……《デッド・エンド》を使った時みたいな……」

流石《さすが》にあそこまで身体能力が落ちることはなかったけど、風邪みたいな感じの体調だ。

「レジナ達は残りたそうだったけどダンジョンへ行かせちゃったし、久しぶりに一人かあ……。それにしても、あの水晶と鍵、一体なにに使うんだろう？　そもそも像を割っていなかったら気づかなかっただろうなあ」

女神像だと仮定して、それを粉々に砕こうとする人が居るとは思えない。例えば聖域荒らしとかであればありえそうだが、像自体に値打ちがありそうなので『壊す』必要性を見いだせない。

「レイドさん達、なにか見つけられるといいけど」

ベッドへ潜りながらみんなの無事を祈るしかなかった。

まだ疲れているのか、私はまた深い眠りに落ちていた……

◆◇◆

「大人しくしていますかね？」

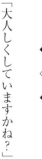

「流石《さすが》にそうであってほしいかな……久しぶりに昨日は焦ったよ」

　フレーレとレイドが前を歩きながらそんな話をする。本当なら一人にしておくのも心配だったが、探索にフレーレの回復魔法は必要だし、ライノスとアイビスは知り合って間もないので、信頼していないわけではないが一緒に残すには少し抵抗があった。

「そろそろ例の部屋へ続く階段ですね」

「今日こそはぁ、なにか見つけるんだからー！」

「わふ……」

「きゅーん」

「きゅんきゅん」

　張り切るアイビスとは対照的に、ご主人を置いてきたレジナは少し寂しそうだった。チビ達が母親を慰めているようだ。

「ほら、レジナ。早く終わらせてルーナのところへ帰りましょう？　栄養をつけてもらわないといけないから、頑張って魔物を一緒に倒しましょ！」

「ね？」とフレーレが微笑みながらレジナを撫でて言い聞かせると、わかったといった様子でひと声鳴いた。

「……！」

階段を上ると、昨日出会ったベルダーが祭壇の前で座っていた。

「そろそろ来る頃だと思った。昨日の像は持っているか？」

「……俺達を待っていたのか？　なにかわかったことでもあったのか」

レイドが訝《いぶか》しむようにベルダーを見つめながら、その動きを警戒する。

念のためフレーレとアイビスは武器を持ったまま後ろへ下がってもらうよう、目で合図をする。

「ああ……像のあったところにちょっと仕掛けがな……そういえばあの黒髪の子はどうした？」

「今日は体調が悪くて寝てもらっている。像だが、ちょっとした手違いで壊れてしまったんだ、その中に鍵と水晶玉が入っていたんだが……」

その時、ベルダーの細い目がカッと見開き、座ったままの体勢から、レイド達に向けてダガーを投げてきた！

「な、なんだと!?」

「きゃあああ!?」

◆
◇
◆

「き、貴様ら……⁉　正気か⁉　……ぐは……⁉」

「うぐ………ギ、ギルドへ伝えねば……ぎゃあああああ！」

「あ、ああああ⁉　す、吸われる、し、死ぬ……あがっ⁉」

背後から襲われた三人の冒険者が息絶える。

「ひっひっひ……こいつは爽快だ！　ダンジョンがこんなに気持ちのいい場所だとは思わなかったぜ！」

「騒ぐな。こいつらを食らいつくすぞ」

「こっちはなかなか美味だったぞ、それなりに高レベルの人間は、吸うと美味いようだな」

奇襲をかけた者達は、あの少女を乱暴しようとしたモス達であった。

なんらかの術をかけられ、操り人形のように言われたことを遂行するだけの存在に成り果てていた。

しかし、主の意向に背かなければ自由意思はまだそれなりにあり、今も会話ができるくらいは動けている。

モス達は主の目的を遂行するためにダンジョンを徘徊しているのだが、その途中で冒険者を狩っていた。

自分達を見下していた者、金を持っている者などを。

ギルドなどで顔を知っているため、警戒はされにくい。『道に迷った』と嘘をつき、町まで案内してくれと懇願して、相手が後ろを向いた隙にバッサリといくのだ。

「はあー……こりゃ主様に感謝だな……もうここで過ごしてもいいな……」

「同感だが、あまり派手にやりすぎると俺達のことがバレる可能性があるし、あまり帰らないパーティが増えると高レベルのパーティが派遣されることもある。その辺は気を付けなければなるまい……」

モスと戦士のバックが薄気味の悪い話をしながら歩いている中、盗賊のコレルは慎重に歩を進めていた。

そして角を曲がろうとした時、人の気配を察知した。

角から飛び出ることなく、少し顔を出して通路の様子を窺《うかが》う。

「……見ろ、女連れのパーティが居るぞ……」

「ほう……金髪のプリーストか？　美味そうじゃねぇか……ん？　よく見りゃもう一人はアイビスか⁉　ライノスもいやがる！　くそ……あいつらのせいで俺達はこんなこと

になったってのに……」

自分達が仲間を置いて逃げただけであり、ただの逆恨みなのだが、自分本位で生きる者にはお構いなしのようだった。恨みがましくレイド達のパーティを睨みつけるモス。

レイド達は運悪く三人に見つかってしまった。

「む、あれは隠し扉……？　おい、主が捜していたものがあそこにあるんじゃないか？」

「可能性はあるな。だが、その前に楽しませてもらおう。男二人……ライノスが弱いのはわかっているし、あいつらとパーティを組むようなやつらだ、もう一人の男も大したことはないだろう」

下卑た笑いを顔に貼りつけながら、隠し扉の奥へと入っていくレイド達を追う三人であった。

◆　◇　◆

ヒュンという風切り音と共にベルダーの放ったダガーがレイド達へと向かい……

「ぐあ⁉」

今まさに、フレーレを襲おうとした人影の肩にヒットした！

「え⁉」

呻《うめ》き声を聞いて、フレーレとアイビスは振り返りながら階段から離れると、素早くレイドがフレーレ達の前へ躍り出た。

態勢を整えたレイド達の前に、何者かが飛び出してくる。

「いてぇ⁉　くそ、邪魔しやがって！」

まずは肩にダガーが刺さったモスが姿を現し、直後にバックとコレルが両脇に立つ。

隠し扉を入るところから後をつけてきており、一番後ろにいたフレーレを襲うつもりだったのだ。

「ふん、やはりお前にリーダーは任せておけんな。アホすぎる」

「コレル、その話は後だ。祭壇……どうやらビンゴのようだぞ」

その姿を見て驚いたのはライノスとアイビス。自分達を置いて逃げ、姿をくらましていたそのパーティが目の前に居たからだ。

「あ、あんた達がなんでここに……⁉」

「そ、そうよぉ！　私達を置いて逃げた後どこに居たのよ⁉」

「あーん？　お前らにゃ関係ないだろう？　どうせここでくたばっちまうんだからな」

モスがスラリと剣を抜くと、両脇の二人も武器を構える。

「冒険者が冒険者を襲うだと⁉　正気か！」

ライノス達が言い争いをしていると、ベルダーがレイドのところまで歩いてくる。

「助かったよ。お前さんが牽制してくれなかったらフレーレが人質になっていたかもしれん」

「気にするな。とりあえずこいつらを黙らせるぞ」

「それにしても、レジナ達も気づかなかったなんて……」

自分が捕まっていたかもしれないと言われ、冷や汗を流すフレーレが気になっていたのはそこだった。

いつもなら匂いか音で逆に奇襲をかけられるのだが……

「ダガーを投げたのはてめぇだな？　ゆっくりいたぶって殺してやるから覚悟しろ」

モスがベルダーへ恨みの言葉を投げかけると、ベルダーは一度目を瞑《つむ》った後、ゆっくりと目を開く。

そして拳を握り、構えをとってから一言だけ言い放つ。

「やってみろ、屑に成り下がった冒険者風情が」

戦闘開始の合図としては十分すぎるほど、キレイな挑発だった。

——交戦から数分……

「ちっ、やるじゃねぇか」

「お前らのようなやつらにやられるわけにはいかんからな！」

レイドとモスの激しい斬り合いが続く。

一方で、ライノスとアイビスの二人がバックを相手に苦戦していた。

「《ファイアニードル》ですぅ！」

「こんな初級魔法が効くか！　でえい！」

「お前の相手はこっちだ!!」

魔法を放つアイビスへ狙いを定めたが、ライノスが横から割り込んでくる。

二人がかりでやっと戦えるくらい、バックは強かった。

「……助けに行かなくていいのか？」

コレルが目の前のベルダーへ声をかけるが、ベルダーは微動だにしない。

「別に仲間でもないしな。これくらいでやられるようならそこまでのものだ。それに、お前を動かすと後が厄介そうなんで、こうやって牽制させてもらっている」

喋りながらベルダーが徒手空拳《としゅくうけん》でコレルを攻撃するが、致命打は与えられていなかった。

　また、コレルのダガー捌《さば》きも鮮やかだったが、のらりくらりとベルダーが躱《かわ》し、コレルは苛立たしげに舌打ちをする。

　現在、戦闘はシーフ同士がお互い睨み合うことで拮抗《きっこう》していた。

　数の上ではレイド達が有利だが、モス達の戦闘力が予想よりかなり高く、苦戦を強いられていた。

「なんて強さだ⁉　これならあの時ファイヤーフライを倒せたんじゃないか？　手を抜いていたのか！」

「だったらどうだというのだ！」

　ライノスが徐々に押され始めたところにアイビスの魔法が再度炸裂する！

「これならぁ、どう？　《フレイムストライク》ぅ！」

　アイビスがディーザも使っていた中級魔法でバックを攻撃するが、それをたやすく避けるバック。

「憐れなことだ……。あの時、死んでおけば再び痛い目を見ずに済んだのになあ！」

「こっちにも居ますよ！」

　なおも苛烈な攻撃を仕掛けてくるバックを、フレーレが死角から攻撃するが、それすらもあっさりと躱《かわ》す。

「そんな⁉」

手を止めてコレルを警戒しつつ、ベルダーは戦闘の様子を横目で見ていた。

「(妙だな……いくらなんでもタフすぎる上に、反応がいい……。あのモスとかいう男もレイド相手によく持つ……む？)」

「ひゃっはあ！　くたばれえぇぇぇ！」

「むう⁉　なんて力だ⁉」

レイドがモスの渾身《こんしん》の一撃を受けると、反動で後ろに数歩下がった。

それを見たベルダーが全員へ声をかける。

「……！　気を付けろ！　そいつらは全員アンデッドになっている！」

モスが笑った時、口の端から牙が覗いたことに気づいたのだ。

「え⁉」

ベルダーが叫んだと同時に、コレルがフレーレへと前進する！

「む！　速い！」

ベルダーが回り込もうとするも、スルリと脇を抜けるコレルがダガーを抜きながら感情のない声で呟く。

「意外と気づかれるのが早かったな。となれば、まずはお前からだ」

「は、速いです！」

　フレーレはモス達からプリーストだと思われている。モス達はアンデッドなので、聖なる力や《浄化《ディスペル》》を使われるとあっという間に体が朽ちてしまう。そのため、最初にフレーレを始末しようとコレルが動いたのだ。

「フレーレちゃん！　くっ、こいつ……！」

「行かせるかよぉ♪　コレル！　殺すなよ？　後の楽しみが減るからな！」

　モスが、駆けつけようとしたレイドの足止めを行《おこな》い、ひゃははと嫌な笑い声が部屋に響く。

　そんなことよりここを切り抜けるのが先だとコレルは思いながら、後一歩でフレーレに肉薄しようとした時……

「ガウ!!」

「きゅーん！」

「な⁉　こいつらどこから⁉　ぐうう……」

　フレーレの背中を飛び越えてレジナがコレルの喉へ噛みつき、真っ赤な血が噴き出す。

　動けないよう足にはシルバがしっかりと噛みついていた。

　レジナ達はフレーレの後ろでじっと気配を隠し、機会を窺《うかが》っていたのだ！

「コレル⁉　これは計算外だ、モス！　一旦引くぞ！」

ガキン！

コレルのダメージを見てバックがライノスを吹き飛ばし、救出に向かうが、そこへフレーレが立ちふさがった。

「今のわたしはアコライトですが……覚えた技までは忘れてませんよ！　よく見たら顔も青白いですね……《浄化《ディスペル》》！」

魔法を使った瞬間、白い光がバックを包み込んだ。

「があああああ⁉　と、溶けるぅ⁉」

シュウシュウと煙を全身から出し、片膝をつくバック。

「バック！　チッ、放せクソ犬が！」

「ギャウン！」

「きゃん⁉」

レジナとシルバを振りほどき、バックを抱えて階段を目指すコレル。モスもヤバイと感じ、レイドを蹴飛ばしながら後退していく。

「覚えていろよ！　夜、眠れない恐怖を与えてやるぜ……！」

捨てゼリフを残し三人は逃走、祭壇の部屋は再び静寂を取り戻した。

「……逃げたか……これで祭壇を動かすことができるな」

剣を鞘《さや》に収めつつ、レイドはベルダーに言葉の意味を尋ねる。

「動かすとはどういうことだ？　この鍵が関係しているのか？」

「……ビンゴだ。無駄に時間を食ったが急いで『起動』しろ。できればあの黒髪の子が居たほうが良かったが……まあいい。像のあったところに鍵穴がある……任せたぞ？　俺はやつらを追う。生きていたらまた会おう」

言い終わるが早いか、とても追いつけるとは思えない速度でベルダーは駆け出していた。

「あ！　おい！　ルーナちゃんが居たらってどういうことなんだ！」

「……気になりますね。昨日のこともありますし、ルーナがなにか関係しているんでしょうか？」

「そもそも『起動』という意味がわからない。仕掛けがあるんだろうけど……」

フレーレとライノスはベルダーの言葉の意味を測りかねていた。どちらにせよ、やることはひとつしかない。

レイド達は無言で祭壇へと進む。

「ここか……確かに鍵穴があるな。引き返すなら今だぞ？　ここからはなにが起こるかわからない」

レイドの言葉に全員『問題ない』と、ここに残ることを決意。

カチリ……

ゴゴゴゴゴゴゴ…………

地響きと共に、祭壇が左右に分かれて開いていく。

その真ん中に、見たことのない魔法陣が描かれていた。

◆◇◆

「ん……」

私は目が覚める。どれくらい眠っていたのだろうか？

「……また夢？　祭壇が開いて魔法陣があるなんて……ってここどこ？」

目を覚ました場所はベッドの上ではなく、薄暗いダンジョンの中だった。宿に居た時は普段着だったはずなのに、しっかりと装備を整えている。

「予知夢の次は夢遊病……？　ここまで来た記憶が全然ないんだけど、私どうしちゃったのかしら……？」

とりあえず現状把握のため辺りを見渡すと、ここが隠し扉の近くだということに気づく。

祭壇に行っているはずだから思い切ってレイドさん達と合流しよう、そう思ったところで地響きが起こる。どうやら先ほどの夢は、やはりただの夢ではなかったらしい。

なんでこんなことになっているかわからないが、今は進むしかない。一段ずつ慎重に階段を上り、祭壇を目指すが……

「？　……誰も居ない？」

夢ではレイドさん達が戦っていたけど、部屋には誰も居なかった。

レジナの時もそうだったけど、どうも夢で見たことと現実では、違う結末を辿るようだ。

「ここで戻るとすれ違いになるかもしれないわね。ちょっと怖いけど、捜しに来てくれるのを待ったほうがいいかな。レイドさんとフレーレなら昨日の変な私を知っているから気づいてくれるはず……」

辺りは静かすぎて怖い。

周囲を照らさなくても祭壇付近は明るいので、その点は心配ないけれど……

「最近誰かと一緒のことが多かったから、ちょっと寂しいなあ……。せめてレジナ達でも居ればなあ……。ま、言っても仕方ないか！　魔法陣を調べて待っていようっと！」

夢で見た時と違い、鈍く光る魔法陣を調べ始める。

ここになにかあるのは間違いない。

しばらく待っていると階段から人の気配がした。

第九章

「え？　出ていった？」

宿へ戻ると、レイドは宿屋のおかみさんにルーナが出ていったことを告げられる。

あれほど言っておいたのに……と少々ご立腹のレイド。

しかし、おかみさんの話を聞く限りどうやら昨日と同じ状態になっていたらしい。

「いくら声をかけてもね、返事がないんだよ。虚ろな目をしてなにかぶつぶつと呟いていたけど……祭壇がどうのって」

「レイドさん、やっぱり……」

　フレーレも昨日のことを思い出して、レイドに声をかける。

「一人にしておくのは失敗だったか……俺のせいだ……。恐らくルーナちゃんは祭壇へ向かったんだと思う。今から迎えに行ってくるよ。三人はここで待っていてくれるかい？」

　ルーナの予想は当たり、レイドが迎えに行くと告げる。ルーナは自分に置き換えて考えていたのだ。仲間が行方不明になったら、すぐにでも捜しに行くだろうと。

「いえ、わたしも行きます！　なにかあってからじゃ遅いですからね。もしかしたら怪我をしているかもしれないじゃないですか？」

「わふ！　わふ！」

「きゅん」

「きゅーん！」

「オレも行きます。アイビスは残っていてもいいんだぞ？」

「私もぉ、行きますよぉ！　ルーナさん、無茶しそうですし～」

　うふふ、とアイビスが笑うとレイドが苦笑しながら「違いない」と言った。

「よし、すまないがもう一度ダンジョンへアタックする。目指すは祭壇だ！」

　四人と三匹が宿を飛び出し、薄暗くなってきた道を走る！

「（間に合ってくれよ！）」

◆
◇
◆

「うう……いてぇ……か、顔が溶けちまう……」

《浄化《ディスペル》》をまともに食らったバックが、コレルの肩を借りてずるずると歩く。

それなりに鍛えていた甲斐があり、一撃で滅されなかったのは幸いだった。

「……もう少しで主の元へ着く。そこで治してもらえ」

「あのライノスのパーティ、金髪野郎とプリーストは結構やるな……」

モスがレイドと剣を交えていたことを思い出す。ほとんど互角だったが、モスがやや劣勢だったのは間違いない。

「ベルダーという男も一筋縄ではいかんぞ。俺はかなり苦戦した」

「まあ、主殿なら余裕だろうさ。目的の祭壇はあったんだ、早いところ報告しようぜ」

バックに交代で肩を貸し、ようやく地下四階の部屋へと戻ってくる。

「……主殿……戻りましたぜ？」

モスの声を聞いて、部屋の奥にいた少女が振り返る。

『ああ、君達か。どうだった？　目的のモノはあった？』

「地下二階に隠し扉があって、その奥に階段を見つけたんだ。その階段を上った先の部屋に祭壇があったぜ。それよりもバックがこのとおりやられちまったんだ！　治してもらえねぇか？」

『やれやれ、手酷くやられてるねぇ。その辺の冒険者でも「食えば」すぐ治るけど、今回は仕方ないか』

　バックに手をかざすと、傷がみるみる内に塞がっていった。

『君達の体は魔力で生成されているから魔力を与えればこのとおりだよ？　エナジードレインは魔力と生命力を吸い取っているから傷が治るんだけど……』

　と、少女が説明していたが、治療を受け喜んでいる冒険者どもは話を聞いていないようなので、少女は顎《あご》に手を当てて祭壇のことを考える。

『(地下一階……確かにボクを欺《あざむ》くには、いきなり一階に置いたほうが探しにくいのは事実。大事なものは地下深くっていうのがダンジョンのセオリーだからね……ボク以外の誰かがこのダンジョンに手を加えたのは間違いないけど、ここまでのことができるのは……)』

　そこまで考えたところで三人以外の気配を感じ、扉へと目線を向ける。うまく気配を消しているが……

『まったく、情報はありがたいけど、余計なものまで連れてこないでほしいよ？　……つけられたね、君達』

扉に向かって魔力の塊を放つと、扉に当たる寸前で霧散し、スッとベルダーが出てくる。

「お、お前は……!?」

「……つけられていたか……気配がしないので油断していたな」

『誰だい君は？　あいにくボクは忙しくてね、構っている暇はないんだけど？』

「……お前になくても俺にはあるのだ。〝元魔王討伐メンバーの一人〟として、封印を解き放つためにな」

ベルダーが真っ赤な刀身のダガーを腰から抜き、身構える。

『……なるほどなるほど……そういうことか……となると……』

ゴゴゴゴゴゴゴゴゴ………

なにかに気づいた少女が答え合わせをしようとしたところで、ダンジョンが大きく揺れた。

「どうやら成功したようだな。祭壇は起動した、ここの力は解放させてもらう。さらにここでお前を倒せれば御の字というものだ」

『（さてどうする？　こいつの力は本物だ……特にあのダガーはヤバイ。今のボクじゃあ死にはしないだろうけど勝てもしない……）』

やるべきことを頭に思い描いた少女は、手から出した光の刃でベルダーへ攻撃を仕掛けた！

キィンと金属が激しくぶつかる音が部屋に響く。

『そこの三人！　もう一度祭壇へ行って『腕輪』を捜してこい‼　守っている者がいるけど、ボクの名前を出せば渡してくれる！』

「わ、わかった‼　主は大丈夫なのか？」

「行くぞ！　猶予はなさそうだ！」

すでに外に出ていたコレルを追ってモスとバックも部屋を飛び出す。

この少女が捜せと言うからには、恐らく腕輪が封印を解く鍵のひとつなのだろう。させまいとベルダーも後を追おうとする。

「逃がすか……！」

『おっと、せっかく来たんだ、ちょっと遊んでいってよ？』

口調は軽いが、少女はダガーをチラチラと見ながら冷や汗を流していた。近くに迫り、ダガーの正体を見極めたからだ。

『（神殺しの短剣《クリムゾンサクリファイス》か、流石《さすが》にあれを食らったら、ボクでもいつ蘇れるかわかったもんじゃない……うう、怖いよう……)』

「……滅せよ……!」

光の刃と紅の短剣が決定打を出せないまま、幾度となく交錯した。

◆◇◆

カツカツカツ……

「!」

少し眠りかけていた私は階段を走ってくる足音に気づき、ハッと目を覚ます。

魔法陣を調べていたが、やはり踏まないとその効果は不明だったので、飽きて祭壇に腰かけていたのだ。

「誰か来る?　足音は複数……?　レイドさん達!」

やっぱり捜しに来てくれたのだ!　良かった……動かないで待った甲斐があった……

ルーナが立ち上がり、階段のほうを見ていると、上ってきた人物が姿を現す。

「結構早かったんじゃねぇか?　大丈夫かねえ主様……」

「主が死ぬと我々も死ぬのかなやっぱり?　ん?　誰かいるぞ!」

「……女のようだな。冒険者か？」

「あ！」

階段から上がってきたのは……レイドさん達ではない冒険者三人組だった。

先頭に立つ男が私を見て、嫌らしい声を出してきた。

「女の子の一人歩きは危ないぜ？　町まで送ってやるから一緒に行こうぜ？」

この人達……夢でレイドさん達と戦っていた三人組だ！　逃げたんじゃなかったの⁉

えーっと……確か魔物にされているって言ってたっけ……？

「い、いえ結構です……あ、私そろそろ帰らないと……えへへ……」

少しずつ距離を詰めてくる三人から離れつつ、壁沿いに階段を目指すが、コレルと呼ばれていたシーフに道を塞がれてしまう。

「……諦めるんだな。外はもう夜になる。この時間になるとダンジョンから撤退するパーティが多いだろうから、助けは期待できないだろうな？　こんなところで一人なにをしていたかわからんが、美味しくいただくとしよう」

コレルがニヤリと笑い、口の端から牙が見える。

うう、このままじゃあーんなことやこーんなことされた上に食べられちゃう⁉

こうなったら！

《フェンリルアクセラレート》《パワフル・オブ・ベヒモス》《ドラゴニックアーマー》

私は心の中で補助魔法を呟き……

「あ！　レイドさん！」

階段を指さしながら大声をあげる！

「「「なに⁉」」」

案の定、びっくりして階段のほうを振り向く三人。うまくいった！

シャキン……！　私は素早く剣を抜き、その隙をつく。

まずはモスと呼ばれていた男の手首を狙い、剣を叩き落とし遠くへ蹴り飛ばす。

手首もボトリと落ち、傷口から血が噴き出す。

「ぐぎゃ⁉　こ、こいつ！　があああああいてぇぇぇぇ」

「モス！　おのれ小娘が！」

バックと呼ばれていた男が背負ったクレイモアを構えようとするが、がら空きになった鳩尾《みぞおち》に剣の柄で一撃を叩き込む！

「ぐえ⁉　その細腕のどこにそんな力が……⁉」

膝から崩れ落ちて胃の中のものを吐き出すバック。

レベルの低い私でもこの威力！　上級補助魔法の力を見たか！

後は……！

「どうした？　俺はここだぞ？」

シーフのコレルは攻撃されるのを避けるため、そして私を逃がさないために階段側へ後退していた。

抜け目のなさと頭の回転の速さ、恐らくこいつが一番強い！

「悪いけど通してもらうわよ？」

走りつつ腰のバッグからトウガラシ爆弾を二個取り出し、ひとつをコレルの足元へ投げつけ、意識がそっちに向いた瞬間コレルの顔へもう一発を投げる！

「む⁉　これはトウガラシの粉末⁉　げほっ……味な真似を……」

まともに顔面に受けたのを確認して、階段へ向かう私！

しかし……

「少し甘かったな！」

「嘘⁉　強化している私に追いつくの⁉」

「魔物にされてから体が軽くてな……お前のその速さと力がどういうカラクリかわからんが、お前より速いぞ？」

あっという間に前に回り込まれ、コレルが私に蹴りを放ってくる。

急に止まれないのよ⁉

攻撃がヒットした瞬間、ガラスが割れるような音がする。

「む？」

ドラゴニックアーマーのおかげで体は無事だったけど、大きく後退させられてしまい、アーマーが全部破られていた。アーマーなしで食らっていたら、骨の一本どころか命すら危うかった威力だ。

「く……」

「惜しかったな。奇襲自体は成功だったと思うが、相手が悪かったな？」

「いてて……やっとくっついたぜ……」

「胃の中のものが全部出た……これはちゃんと補充しないとなあ？」

振り向くと、ダメージを与えた二人がもう回復していた。

このままだと挟み撃ちにされる⁉

「たあああ！」

私は全力でコレルに斬りかかるが、コレルが言っていたように素早さは向こうが上だった。

剣を振り回すけど全然当たらない⁉

「そら」

力を上げていても、当たらない攻撃は意味がなく、私はお腹に膝蹴りを受けて倒れ込んでしまった。

「う……女の子のお腹を蹴るなんて……最っ低ね……げほ……」

コレルを睨みつけると、私の髪を掴んで無理矢理立ち上がらされた。

「ふん、よく吠える。だが、嫌いじゃないな。魔物にして俺が飼ってやろう」

「お、捕まえたか！　でかしたぞコレル！」

モスとバックも合流し、私はその二人に両脇で抱えられる形になった。

「お前らはなにもしてない上に、ただやられただけだろうが……。こいつは俺一人でいただくからな……」

「お、おい、そりゃねぇよ⁉」

三人が私をどうするか騒ぐ中で、少し痛みが引いてきた私はもう一度呟く。

「……あ……レイド……さん……」

「またその手か……そんな手に何度も引っかかるわけ……っが⁉」

階段側を背にしていたコレルの腹から剣が飛び出ていた。

そして大声で私の名前を呼ぶその人はレイドさんだった！　嘘から出たなんとやら！

そして！

「無事かルーナちゃん！　今助けるからな！」

「ガウゥゥゥゥ!!」

「うわ!?　こいつらさっきの！」

レジナがさっき斬り落としたモスの腕へ噛みつき、再度落ちる手首！

「きゅんきゅん！」

「きゅーん！」

「あ、こら!?　俺の手首を持っていくんじゃねぇ!?」

シルバが手首を咥《くわ》えて、シロップと一緒に奥へと持っていってしまった。

「この人達、回復したみたいですね！　すみませんライノスさん、足止めを！」

「わかった！　アイビス、援護を頼む！」

「貴様らどうしてここへ!?　帰ったのではなかったのかぁ！」

突然の奇襲に焦るバック。しかし、一度剣を抜けばその攻撃は脅威の一言！　ライノスさんも一時押していたが、力負けし始めていた。

そこでアイビスの属性魔法がバックへ向かって飛んでいく。

「はぁい！　ライノスさん、下がってください！　《フレイムストライク》！　よーく狙ってぇ……発射ぁ！」

「その魔法はさっき避けた……なんと⁉」

確かにさっきは避けられた。が、今度は大きさと速さが違った！

一足で避けきれず、半身に直撃を許すバック。

「うおお！」

ライノスさんの一撃が、バックを袈裟掛けに切り裂く。

「ぐう！　貴様ぁ！」

負けじとバックもクレイモアで、接近していたライノスさんを弾き飛ばした。

「くっ……やるな……！」

そこで、フレーレの神聖魔法が完成した。

「『生者と死者、その境に生きる者に安らかな眠りを与える……その遺言に異を唱えることまかりならん……《遺言執行《エグゼキュート》》』！」

足元から光の奔流が発生し、バックを包み込み始める。

「な、なんだこの光は⁉　《浄化《ディスペル》》ではない⁉　暖かい光がぁぁ……消える……消えてしまううううう⁉」

バックを完全に包み込んだ後、その光が消えるとバックの姿は消滅していた。跡形も残らずに……

　フレーレ……すごい魔法持ってたのね……

「はあ、はあ……やりました……」

「バァァアック⁉　おのれおのれおのれぇぇぇ！」

　レイドさんと交戦していたコレルが仇とばかりにフレーレに狙いを定め、ダガーを振りかぶりながら肉薄する！

　しかし、コレルより遅いとはいえ私は《フェンリルアクセラレート》を使っているのだ。間に合わないわけがない。

「ぐふ……⁉　し、しまった……！」

　突然目の前に現れた私に驚き、止まろうとするもそれもできずに、私の剣を腹に受けてしまう。

　そして動きを止めたコレルにレイドさんが攻撃を仕掛けた‼

「俺の仲間を傷つけることは許さん！　その首もらう！」

　ザシュ！

「ば、馬鹿な……あ、主よ復活を……」

　首を斬り落とされた後、コレルの体は頭も体も灰となって崩れ落ちた。

残るは……

「お、おいチビ達よ……それを返してくれ……」

「きゅん」

「きゅきゅーん」

モスは祭壇の隙間に手首を持って逃げ込んだシルバとシロップを追っていたが、レジナに襲われた。

「ガウ！」

「く、くそ⁉　慣れない手じゃ剣が振れない……！」

頭と腕から血を流しながら、情けない声でレジナを剣で追い払っていたが……

「そこまでだ。お前達の目的はなんだ？　どうしてここに居る？」

レイドさんがモスに近づき、首筋に剣を当てて質問する。あれ？　ちょっと怒ってる？

「ひ、ひぃ⁉　バックもコレルもやられちまったのかよ⁉　く、くそ……なんでこんな目に……お、俺達はダンジョンに逃げ込んでいたんだが、その時変な女に会ったんだ……襲おうとしたところで返り討ちにあってこんな体になっちまった……。こ、ここへ来たのはそいつに『腕輪』を、さが、がががががが⁉」

「な、なんだ……⁉」

突然泡を吹いてもがき出したモスに驚きながら、その様子を見るレイドさん。

やがて糸が切れた人形のように倒れ……

ボヒュ……

灰となって崩れた。

「……口を封じられたか……？」

先ほどまでモスだった灰の前で私達は立ちつくしていた。

◆◇◆

『（チッ、やつら全滅したか！　最後まであまり役に立たなかったが、祭壇の位置を見つけたことだけは褒めてやる。だが！）』

ダガーと光の刃が高速で打ち合う音が部屋に響き渡る。

「まだ力が完全じゃないようだな？　このまま滅させてもらうとしよう」

致命傷は避けていたが、少女の体はすでに傷だらけであちこちから血が噴き出していた。

手にした刃の光も弱々しくなっている。

『ふ、ふふん。いたいけな女の子を傷つけるなんて、それが男のすることかい？　ハァハァ……』

強がっているがこのままでは状況が悪化するばかり。消滅させられるのは時間の問題だ。

するとベルダーは攻撃を止めて、少女へ言葉を向ける。

「……本当に弱っているようだな。お前を消すのは胸も痛まないが、弁明くらいは聞いてやるぞ？」

『……』

「それには答えないのか」

『そもそも』

「ん……？」

『お前達の目的はなんだ？　ボクはやっとの思いでアレを封じたんだ。正直、アレを解放されたくはないんだけど？』

少女は体力と魔力の回復を優先させるため、ベルダーの話に乗ることにした。

「その件については感服するよ。よくぞ封印できたとな。で……その封印を解いてなにをするのか、という質問だがそれは——」

その言葉を聞いて少女は目を大きく見開き、驚愕する。

『馬鹿なことを⁉　それがどういうことかわかっているのか！』

驚きつつも、魔力の回復を感じこっそりと転移の魔法を編み始める少女。

「この計画は成功させるさ。祭壇も目覚めたしな……そろそろお別れだ……お前は、潔く、死ね」

神殺しの短剣《クリムゾンサクリファイス》を半身で構えて、最後の一撃を繰り出そうと力を込めるベルダー。

鈍く光っていた刀身が輝きを増す。

『（こいつの目的はわかったけど、ボクよりタチが悪い計画だぞ！　くそ！　間に合うか⁉）』

「さらばだ……エクソリアよ……」

言うが早いか、ベルダーは一瞬で少女『エクソリア』の前に踏み込み、的確に心臓へとダガーを突き出した！

『……！　《転移《トランジション》》！』

「む！」

チクリと先端が触れたと同時に、エクソリアの姿がかき消える。

手ごたえは……なかった。

「俺としたことが逃がしたか。しかし、あの怪我ではそう簡単に動けまい……次は……あいつらの下へ……」

再び光を失ったダガーを腰のケースに収め、ベルダーは部屋を出ていった。

◆　◇　◆

「レイドさん、ありがとうございます！」

私はレイドさんにペコリと頭を下げる。

や、すでにみんなに言ったんだけど、レイドさんが主導で助けに来てくれたことをフレーレに聞いたので改めてお礼したかったのだ。

「……いや、無事で良かったよ。一人にしてすまなかった。そうじゃなければ、危ない目にあわずに済んだかもしれないからな」

「いえいえ、私があの像を手にした時からおかしなことになったんで、自業自得ですよ、あはは……」

「わふわふ！」

「きゅんー！」

「きゅんきゅん」

さっきから狼親子が私にくっついたまま離れてくれない。

どうも離れたらまたどこかに行くと思われているようだ……かわいい。

「ホント、心配しましたよ？　ルーナは目を離したらいけませんね！」

なぜかドヤ顔でフレーレが腰に手を当て、胸を反らしながらそんなことを言う。いつもはぶかぶかのローブで目立たない大きな胸が揺れていた。

「でもぉ、無事で良かったわぁ！　じゃあ戻りましょうか～」

アイビスが私に抱きつき、良かった良かったと背中を叩いてくれる。

心配かけちゃったなぁ……今日は私がレストランで奢《おご》ろう！　生姜焼き！

そんなことを考えていたら、レイドさんがこれから魔法陣を調べると言い出した。慎重なレイドさんにしては珍しい。

「このまま探索を続けよう。この魔法陣、さっきは調べないで帰ったけど、像を触ってからルーナちゃんがおかしくなったということは、像のあったここに秘密があると思うんだ」

「確かに……またルーナさんが夜中に抜け出してしまう可能性もなくはないですしね」

「う……そう言われると申しわけない……」

体が操られていたような状態だったのでシュンとしてしまう……抱いていたシロップが顔をぺろぺろと舐めて慰めてくれた。よしよし。

「じゃあ改めて魔法陣を調べましょうか」

フレーレの言葉に全員で頷き、魔法陣へと近づいた。

「私はここの階段の下に導かれてから、意識が戻ったんです。だからなにかあると思うんだけど……」

恐る恐る魔法陣を調べたけど特になにも起こらず、手詰まり状態だった。

うーん、思い切って踏んでみる？

「私、魔法陣に乗ってもいいですか？」

レイドさんが難色を示したが、このままだとなにも手がかりがないので悩んでいるようだ。

「じゃあ俺と一緒に乗ってくれ。転移系の魔法陣なら、一緒に飛ばされてもなんとかなるだろう」

「あ！　それいいですね！　じゃあお願いしますー♪」

魔法陣は三人くらい乗れる大きさで、私とレイドさん、そしてレジナ達が乗った。

「……別に手を繋がなくてもいいんじゃないか……？」

「まあまあ、はぐれないように一応ってことで！」

「わふわふ」

魔法陣に乗って一分ほど経った頃、描かれていた文字が怪しく光り出した！

「当たりか。さてどうな……」

レイドさんが最後まで言う前に、私の視界は真っ暗になった。


転移された後、ちょっと乗りもの酔いしたような感覚に襲われつつ、辺りを見回すと、レイドさんとレジナ達の姿が見えた。

さっきの祭壇があった部屋より、かなり広い……奥には台座のようなものがある。

近づこうと歩き出したところで、後ろからどさどさとなにかが落ちてくる音がした。

「うわわ……!?　気持ち悪いです……」

「私も～……」

「だ、大丈夫かい？」

フレーレ達も無事転移できたようだ。後はあの台座を調べるだけ……

「きゅんきゅん！」

シルバが台座に飛び乗り、鼻をふんふんしながら私を呼ぶ。んー、どうしたのかな？　危険がないようなので、近づいてみる。そこにはなにかを載せられそうな……そう、ちょうどワイングラスを逆さにしたような形のオブジェがあり、くぼみがあった。

「レイドさーん！　ここの台座、なにか置けそうなくぼみがありますよ！　像から出てきた水晶、試してみませんか？」

「どれ？　お、ホントだ。大きさもちょうどいいんじゃないか……？」

レイドさんは革袋から取り出し台座へ置くと水晶はキレイにはまり……

〈――の封印を解かんとするものに死を〉

部屋に物騒な声が響き渡った。

あちゃー……罠だったかな……？

第十章

水晶をはめ込んだ途端、重々しい声が室内に響く。

私とレイドさん、狼達が台座から離れ様子を窺《うかが》っていると、台座の前に魔法陣が現れ、そこから一匹の獣が出てきた。

「あれは……狐？」

フレーレが冷や汗を掻きながら、その青白い狐を凝視する。

レジナ達も焦ったように吠えかかっていた。そこに居るだけなのに、威圧感がすごいのだ。

〈このダンジョンになんの用じゃ？〉

低く落ち着いた女性の声で、狐さんが私達に問いかけてくる。さっきの声と同じだ。

「え、えっと……私達、ダンジョンの調査でここまで来たんですけど……」

私がおずおずと狐さんに答えると、レイドさんは狐さんに質問を投げかけた。

「俺達はこの子が言ったように、調査でこのダンジョンに入り込んだ。もしお前がここの守護者というのなら無礼を詫びる。よく聞き取れなかったがなにかを封じているのか……？」

レイドさんの言葉を狐さんが目を瞑《つむ》って聞き、質問に対して答える。

〈ふむ、どうやら封印を解きに来たわけではなさそうじゃな。このままなにも見なかった、聞かなかったと約束するなら、このまま帰るがいい〉

姿は怖いが、話のわかる狐さんのようだ、ではここは退散したほうが……

「質問に答えていないぞ？　どういう……」

と、思ったらなおも食い下がるレイドさん。

私はレイドさんの腕を引っ張って、首を振りながら進言する。

「あ、あの狐さんもああ言ってますし、ここは帰りませんか？　なにかが封印されているとわかっただけでもいいと思います。戦わないならそれに越したことはないいんじゃないですか？　みんなも居ますし、とりあえず戻って報告を……」

「あ、そ、そうだな……ここは引くか……」

みんなを危険にさらすのを嫌うレイドさんは、私の提案を聞いて落ち着いてくれた。

私も気になるけど、多分この狐さんはかなり強いと思う。戦闘になったらただでは済まないだろう。

「じゃあそういうことなんで、私達は失礼しますー！　さ、みんな帰りましょう！」

ポカーンとしているフレーレ達の肩を叩くと、我に返ってくれた。

「そ、そうですね！　せっかく命までは取らないと言ってくれてるんですし、か、帰りましょう！」

魔法陣へ歩いていくと、狐さんが私達を制する。

〈待て、そこの黒髪の娘。報告すると言ったな？　どこになにを報告するつもりじゃ？〉

「え？　ギ、ギルドですけど……」

そりゃ、ギルドの依頼で来たんだからギルドに報告するのは当然……と思ったところで、狐さんが激高する！

〈アホか！　そんなことをしたらここに冒険者どもが押し寄せてくるじゃろうが!!　わらわの話を聞いておったか！　やはり生かして帰すわけにはいかんな！〉

あわわ……狐さんがお怒りだ……!?

「ご、ごめんなさいー!!」

「も、もう！　ルーナは迂闊《うかつ》ですよ！」

「わふ」

「きゅん」

「きゅきゅーん」

うう、レジナ達にも呆れ顔をされている……

みんなに謝っていると、また魔法陣から人が出てくる。あれは……？

「……俺としても帰ってもらっては困るな……さっさと片づけて封印を解くぞ……」

顔を布で隠した男を見て、レイドさんが叫ぶ。

「ベルダーか⁉　あの三人を追った後どこに行ったかと思えば……それより、ここのことを知っている口ぶりだな？　一体なにを企んでいる？」

レイドさんがベルダーを睨みつけながら質問をする。

「……そうだな、こいつを倒したら教えてやってもいい。おい狐、お前を倒して封印を解かせてもらうぞ」

〈やはりそれが狙いか！　いいじゃろう、その〝強欲〟、このチェイシャが食らってやろう‼〉

そう狐が言った途端、一本しかなかった尻尾が九本に増え、レジナくらいの大きさだった体がふくれ上がり、青い炎をまといながら咆哮《ほうこう》をあげた！

「ええぇ⁉　封印ってなんですか⁉　レイドさん逃げましょう！　ほら、魔法陣に……って転移しない⁉」

「あらぁ……本当ねぇ……光が消えているわー」

　この緊迫した状況に似つかわしくない声でアイビスが言い、魔法陣に乗ったり降りたりしているがまったく反応がない。

〈逃《のが》すと思うてか！　全員ここで死ぬのじゃ！〉

「来るぞ！」

　レイドさんとライノスさんが剣を構えて前進し、ベルダーが腰のダガーを抜いて狐へ斬りかかった。

「や、やるしかないの？　なら全員に補助魔法を……！」

　レジナ達を含む味方へ上級補助魔法をかけ、私もチェイシャと名乗った狐へと斬りかかる。

　私達に尻尾から生み出される魔力弾を飛ばしてきながら、レイドさんとライノスさんを片脚であしらい、もう片脚でベルダーを相手取る器用な動きをするチェイシャ。

「たあああ！」

　ライノスさんの一撃が尻尾を断ち切ろうとするが、傷をつけただけで切断まではできなかった。上級をかけているのに⁉

〈あいた⁉　ええい、うっとうしいのう〉

二本の尻尾でライノスさんを打ちつけ、壁まで飛ばす。

でも傷がつくということは無敵というわけでもないみたいね、みんなでやれば勝てるはず。

「うぐ！　この狐、見た目どおりの化け物だな……！」

「……そんなものか、ならば速やかに滅ぼすのみ」

尻尾に苦戦するレイドさんとは対照的に、確実にダメージを与えていくベルダー。

あの人……強い！

「大丈夫ですか！」

フレーレがレイドさんとライノスさんに回復魔法をかけ、アイビスが属性魔法で援護する。

「《フレイムストライク》」

大きな火球がチェイシャの顔で爆《は》ぜ、髭がちりちりと焼けている。

〈ぬぐ！　なかなかやりおる〉

チェイシャがアイビスへ魔力弾を射出しようとしたところで、私とレジナがその尻尾を攻撃する。

「こっちにも居るわよ！」

「ガウウウウ!!」

〈あいた⁉　ま、また尻尾を！　おのれえ〉

「もらうぞ」

陰から出てきたベルダーが尻尾を根元から切り裂くと、尻尾はボトリと床に落ち、ボヒュ！　と燃え上がり消えた。だけど……！

〈それは見切っておったわ！　尻尾をくれてやる代わりに貴様の命をもらうぞ！〉

「うぐあ⁉」

優勢だと思っていたベルダーが尻尾に巻きつかれ、全身を締め上げられて骨が砕ける嫌な音が響く！

「ライノス、ヤツの焼けた顔を狙うぞ！　ルーナちゃんはベルダーを助けてくれ」

「はい！」

「行きますよー！」

〈小賢しい！〉

チェイシャはレイドさん達を無視して、一番弱そうな私に狙いを定めて噛みついてきた⁉

左腕を籠手《ガントレット》ごと噛みつかれ、宙釣りにされてしまい、剣を取り落としてしまった。

「ルーナちゃん⁉」

〈ぬほほ、よふやふ、ふかまへたほ！〉

私を咥《くわ》えながら喋っているのでなにを言っているかわからないけど……隻眼《せきがん》ベアの籠手《ガントレット》のおかげでダメージはほとんどない！　アレを使うなら今だ！

〈ぎゃあああ⁉　な、何事じゃ！〉

私は右腕をチェイシャの顎《あご》に当て、籠手《ガントレット》のギミックを発動させる。鋭い爪が狐の顎《あご》を貫いた！

ぽろっと私を落とし、あわや床に激突するというところで、レイドさんにキャッチされた。

「ナイスだルーナちゃん！　ライノス、畳みかけるぞ！」

「はい！　この位置なら……！」

ライノスさんがその言葉を受けて、下がってきた狐の頭を何度も斬りつけ、私を下ろしたレイドさんも集中的に頭を狙う。

レジナが鼻に噛みつき、ギリギリと顎《あご》に力を込めているのも見えた。

「ガウ！」

「きゅーん！」

「きゅんきゅん！」

母親の雄姿を見てチビ達も興奮状態だ。

チビ達は戦闘には参加せず、後衛のアイビスとフレーレの近くできゅんきゅん吠えている。

「……チッ、油断した。すまんな、助かった」

「い、いえ……」

フレーレに治療をしてもらったベルダーがダガーを握り、再びチェイシャへと走り出す。

〈ぐぬぬ……ゆるさーん！〉

「きゃあ⁉」

全身から衝撃波を出し、私を含む全員が壁まで吹っ飛ばされる。

まだ動けるの⁉

「いったぁ……」

「あうう……」

「……こっちも限界か……一気にいくぞ……」

ベルダーが赤くないダガーをどこからか取り出し、チェイシャへと投げつける。

それと同時に駆けるのはレイドさんとベルダーだ！
〈しゃらくさい！　……なんと⁉〉
ダガーを払いのけた後、その視界に入ったのは眼前まで飛び上がったベルダー。
それを迎撃しようと手を振り上げたところで……
「そこだあああ！」
上に気を取られていたチェイシャの腹へ、レイドさんが剣を突き立てたのだ！
〈うげ⁉〉
「……終わりだ！」
〈し、しまった⁉〉
ズブシュ……
赤いダガーがチェイシャの眉間に突き刺さり、その動きが止まる。
静寂に包まれた瞬間――
〈オオオオオン……〉
青白い狐の体が粉々に砕け散った。

◆　◇　◆

チェイシャが砕けた後、全員フレーレに回復魔法をかけてもらった。傷は塞がったが体力的にはもう限界だった。

「……これが腕輪か……」

チェイシャを倒した後に出てきたなにかを拾いながら、ベルダーが呟く。

「それがお前の目的なのか？」

少し苛立ちながら、ベルダーへ問いかけるレイドさん。

「……ああ、そうだ」

「わあぁ、キレイですねぇ？」

アイビスが腕輪を見て興味を持ったのか近づいていくが、ベルダーはアイビスと距離を取る。

「……さっき、あの狐が封印、と言っていたが。ここ以外にも似たような場所があるらしくてな、俺はそれを探している……」

そこでレイドさんが、再度ベルダーに問う。

「……どうしてお前はそんなことをしている？　封印とはなんだ？　お前は……何者だ？」

しかし、ベルダーは特に困った風もなくさらりと躱《かわ》す。

「さあな……どちらにせよ封印はすべて解かなければならない。この世界のためにな」

なんだか大変な話になってきた？　世界のためって……？　すると、そこでライノスさんが口を開いた。

「なら、ここでの目的は完了したってわけか。まったく、オレ達はうまく使われたみたいで気分が悪いな」

ライノスさんがぶつぶつと言うと、ベルダーが革袋を私達に手渡してきた。

「すまんな。結果的にだが、あのデカブツを倒すのに人手がほしかったので利用させてもらった。これは謝罪代わりだ」

「……？　こ、これ金貨……い、いっぱい……！」

フレーレが革袋の中身を見てあわあわしていたので、私も中を見ると……

「金貨百枚くらい入ってない⁉」

「わぁい、美味しいものが食べられますねぇ」

「きゅん♪」

「きゅきゅーーん♪」

「わふわふ♪」

美味しいものに反応する狼達。贅沢になっちゃったかしら……？

「それと、お前にこれをやろう」

「え？」

金貨を見てだらしない顔をしている私に、ベルダーが先ほどの腕輪を差し出してくる。

「これ、ベルダーさんがほしかった腕輪じゃないんですか？　私は要りませんけど……？」

「あのデカブツを倒した時点で解けたから、これは特に必要ない……戦利品としてやろうと思ってな……」

「うーん……でもお断りします！」

それを聞いてレイドさんが「プッ」と噴き出す。

「お宝の腕輪をくれるというのに、あっさり断るんだね、ルーナちゃんは！　ははは！」

「えー、今の話を聞いた感じじゃなにか厄介事に巻き込まれそうだし、要りませんよー」

「あはは、ルーナは金貨のほうがいいんですよね」

フレーレが近寄ってきて、失礼なことを言う。

「ふんだ。レジナ達も養わないといけないし、お父さんにも仕送りしないといけないから大変なんだよ！」

　ライノスさんとアイビスも笑い、先ほどの戦闘の緊張が嘘のように和やかだった。

　魔法陣も光り出し、多分これで帰れるのだろうと歩き出したところで、ベルダーに手首を掴まれる。

「……痛っ⁉　ちょっとどうしたんですか？」

「どうしたルーナちゃん！　ベルダー？」

　少し俯きながらベルダーが語り始める。

「厄介事……そうかもしれんな……だが、いずれにせよ運命は変えられん」

　そう言うと、腕輪をパカリと開き、私の左腕に無理矢理はめ込んだ。

「ちょ、ちょっと勝手に……！」

「また会おう」

「あ、待て⁉」

　それだけ言うと、レイドさんの制止を振り切って魔法陣へ逃げ込んだ。

「あ！　腕輪が！」

　フレーレが叫ぶと、腕輪が光り始めていた。

その光はどんどん大きくなり、部屋を覆い尽くさんばかりに輝いた！

まばゆい光が収まると、再び静寂が辺りを包む。

特におかしなこともない……？

「……っ！　ルーナちゃん、体はなんともないか？」

レイドさんが私の腕を掴み、聞いてくる。

「あ、あの、はい……大丈夫です……けど、その、じっと顔を見られると……」

「あ⁉　す、すまない……」

「いえ……」

なんとなく気まずい雰囲気の中で、フレーレが助け船を出してくれた。

「腕輪は外れないんですか？　すごく眩しかったですけど、それだけで終わるとは思えないんですけど……」

そうだ、パカって開いてつけられたんだから、逆もできるんじゃないかしら！

「ん……んん……！　ダメだ、ベルダーがどうやってパカっと開いたのかわからないけど、全然ダメだわ⁉」

どこを触っても繋ぎ目のような場所もなく、開くことは無理そうだった。

別に窮屈というわけではないし、なぜか体の一部みたいになっているから違和感はないんだけど、外せないのは困るなあ……

「とりあえず外に出ましょうか、あの男は台座の前にあった魔法陣で逃げましたし、我々は元の魔法陣で帰ったほうがいいかもしれません」

ライノスさんが帰還を促してくる。腕輪のことは気になるけど……と思っていたところで、シルバとシロップがベルダーの逃げ去った魔法陣近くできゅんきゅん鳴いていた。

「どうしたの？　……あ⁉」

台座に隠れてわからなかったが、シルバとシロップの前にあの狐が倒れていた。

体は子狼くらいだけど、生きてるのかな？

私が抱きかかえると、フレーレに怒られた。

「あ、さっきの狐⁉　危ない目にあったばかりなのに、やっぱりルーナは迂闊《うかつ》すぎますよ……」

言われてみれば確かに……でもなにか気になるのよね。

〈ん……んん……ハッ！〉

目を覚ますチェイシャに私は声をかける。

「目が覚めたのね、ちょうど良かった！　この腕輪、取ってくれないかしら……？」

〈お主はさっきの……そうか、わらわは負けたのじゃな。神殺しの短剣《クリムゾンサクリファイス》を使うとは忌々しい男じゃったわ……もう少しで消滅しておったぞ……で、腕輪？　……あ⁉『節制の腕輪』！　お主着けちゃったのか⁉〉

チェイシャが私の腕輪を見て目を見開く。私が着けたんじゃないもん……

「さっきのベルダーって男に無理矢理……」

「ルーナ、言い方……」

チェイシャは少し考える素振りを見せたが、話を続ける。

〈一度着けてしまうと、わらわではもう手出しができん。その内なにかしら能力が出てくるじゃろう。時間が経てば外せるかもしれんが……〉

目を瞑《つむ》ってうーんと唸る狐、かわいい。

「きゅん！」

「きゅーん！」

チェイシャをずっと抱っこしているのはずるいと私の足に体当たりしたり、噛みついてくるおチビ。

「はいはい、あなた達もかわいいって！」

おチビを片手で撫でていると、チェイシャがひらめいた！　と、私の頭に乗っかり宣言する。

〈わらわも同行させてもらおうかの！　倒されてここが解放されてしまった今、わらわがここに残る理由もないし、久々に外の世界を見たいわい。娘、よろしく頼むぞ！〉

「「「は？」」」

「わふ⁉」

「きゅん？」

「きゅきゅーん？」

私を含めて全員の声がハモった！

ええええー⁉　ついてきちゃうのー⁉

◆　◇　◆

「なんだい、また増えたのかい？　仕方ないお嬢さんだね。まあいいよ、トイレと勝手に外に出ないことは当然として、食堂には近づけないでおくれよ？」

宿に戻った私を待っていたのは、おかみさんの小言だった。狼三匹に狐まで増えれば、怒られもするだろう。平謝りで頭を下げるしかなく、そそくさと部屋へ戻る私とレイドさんとフレーレだった。

あの後、ライノスさんとアイビスの二人とは生き残れたことを喜び、レストランで美味しいものをいっぱい食べたのだが、食事を終えるとアイビスはベルダーからもらった金貨でお父様を見返すんだと、夜にもかかわらず乗合馬車を使って町を出ていった。

ライノスさんも『いい経験をさせてもらった』と言い、去っていった。聞くところによると故郷へ帰るそうだ。やけにあっさり別れたけど、仮で一緒に居ただけなのでこんなものかもしれない。

チェイシャや腕輪といった厄介事に巻き込まれまいとして逃げたのではないと思いたい……！

「さて、これからどうするかな」

「あのダンジョンは魔神《チェイシャ》が居た、ということで一応調査は終わりになるんじゃないんですか？」

「そうなんだけどね。こいつをどうしたものかと……」

〈わらわをこいつ呼ばわりとは無礼な！　強欲の魔神たるこのわらわを！　あ、こらや

めんか⁉〉

「きゅんきゅん♪」

「きゅーん♪」

おチビ達より少し大きいくらいなので、二匹にじゃれつかれるとコロコロと転がってしまう。

いい遊び相手ができたようでなによりだ。

「どちらにせよギルドへ報告は必要か……明日、朝イチで行くとしよう」

「わたしは金貨二十枚ももらったので〝アルファの町〟に一度戻ってもいいかなと思います。けど一か月の予定でしたからもう少し稼ぎたいかも……。チェイシャちゃん、あのダンジョンってまだ機能しているの？」

〈ついに『ちゃん』付け……もうええわい……わらわが居なくても機能は衰えんから、稼ぐにはいいかもしれん。わらわも急ぐ必要もないしの。しかし『れすとらん』とやらの飯は美味かったな……むにゃむにゃ……〉

「あ、寝るんだ……本当に魔神なのかしら……？」

「こうなるとかわいいだけなんですけどね」

一番事情を知っていそうなチェイシャが眠ってしまったので、話はおしまいとなり私達もお風呂に入って就寝しようということになった。

フレーレは戻りたいって言うけど、〝アルファの町〟へはまだ戻りたくないかな……

◆◇◆

フォルティスより依頼を受けて、パリヤッツォは〝ベタの町〟の伯爵について調べていた。

伯爵……名をウィルというが、古物収集という趣味以外は良くも悪くも普通の貴族で、領民からの評判も悪くない。

パリヤッツォが調べた結果、宿泊させた女性冒険者を襲うというのはここ二か月くらいから出た話で、それまでそんなことはなかったといろいろな冒険者から聞くことができた。


「問題は、冒険者が襲われたという事実はあるが、ことに及んだのは『同意の元で』だけらしい……しかし、フォルティス様の想い人は確かに襲われたと。一体どういうことだろうな……？」

結局のところ本人に聞くのが一番早いであろうと、伯爵邸へと足を運んだ。

「……？　ずいぶん静かだな。すまない！　侯爵より派遣された者だが、誰か居ないか！」

庭へ回るも人影はなし。外から見る屋敷はすべてカーテンがかかっており、様子は窺《うかが》えない。

ノックをするも誰も出てこないため、パリヤッソは屋敷へ入ることを決意した。

「本当にここは伯爵邸か？　呪われた館ではないだろうな？」

パリヤッソは若い頃、優れたシーフとして仕事をしていたこともある。中にはそういった屋敷があり、レイスやグールなどに苦戦したものだが、その雰囲気に似ていると感じていた。

応接間、風呂、洗面所、使用人達の部屋……一階を調べ尽くすが、人どころかネズミ一匹出てこない。

「後は……二階か……さて……」

主に書斎や寝室がある階へと足を運ぶ。

「書斎……異常なし……」

ひとつずつ部屋を開けていくが手がかりはなし。しかし、最後に残された寝室の前で、奇妙な気配を感じる。

「ここが当たりかな？」

ギィ……

薄暗い廊下から寝室の扉を少し開けて中を覗くと、そこには……

「……!?　ウィ、ウィル伯爵か!?」

ベッドに倒れ込んでいる人影を見たパリヤッソが人影に近づく。

「しっかりしてください！　なにがあったんですか！」

「う……うう……だ、誰だ？」

「私はフォルティス侯爵から派遣された者です。なんでまた、使用人も居ない屋敷に一人で……？」

「使用人が……？　それは、私が聞きたいくらいだ……二か月くらい前に、部屋で骨董品を眺めていたら突然賊が現れてな。気づいたら狭い部屋の一室に監禁されていたのだ……。信じてもらえるかはわからんが……」

二か月くらい前。怪しげな噂が立つ頃と一致する……。入れ代わっていたということか？

「ここ最近、伯爵がこちらに泊めた女性冒険者を襲うという噂が立っているんですが、身に覚えはありますか？」

「なにを馬鹿な……確かに宿泊はさせるが、そんなことをしたら骨董品を運んでもらうのが難しくなるだろうが！　だから冒険者には食事とベッドを用意しているのだ。次も運んでもらえるようにとな。遠い東の地から取り寄せるモノなど、冒険者以外に誰が運んでくれるというのだ！」

本気で怒っているところを見ると、恐らくは白か？

もう少し話を聞く必要はあるだろうが、この様子では大した情報は持っていまい。

「お話はわかりました、とりあえず安全とわかるまで侯爵邸へ行きましょう。こちらへ……」

青い顔をした伯爵を連れて屋敷を出て、フォルティス侯爵邸へと向かう。

しかし謎は残る。

一体誰がなんのために伯爵に成り代わり、女性冒険者を襲う真似をしていたのか。

伯爵の名声を下げるためということも考えられるが、それならばもっと直接的なやり方もあるのではないかと、パリヤッソは疑問に感じていた。

ともあれ、油断はしないほうがいいだろう。

パリヤッソは馬車の中でフォルティスへの報告を考えていた。

◆　◇　◆

「いい湯ですね……」

「そうね……」

私とフレーレはお風呂でまったりしていた。

レジナ達は私がお風呂に入る気配を察したのか、ベッドの上で寝ているチェイシャに並んで、タヌキ寝入りを始めた。あの子達はお風呂が嫌いなので、よく逃げるのだ。

「どっちにしても宿のお風呂で洗うわけにもいかないんだけどね……」

「あの子達、ルーナのこと大好きだけど、こういうところはちゃんと逃げるんですね」

「そうなのよ、予防接種に行った時のテンションの落ち方はすごかったわ。来年はどうやって連れていこうかと……」

そんな他愛ない話をしていたが、ふとフレーレが真顔になり、私の腕輪を見て呟く。

「その腕輪……よく見ると女神の刻印がありますね……？　一体なんなんでしょう？わたしはあのベルダーという人を信用できません……。チェイシャちゃんがいつか外せるかもとは言っていましたが、どうなるかわかりませんし……」

当の私より悲痛な顔をして腕輪を触るフレーレ。

「まあ起こっちゃったことは仕方ないしねー。お父さんだったら『根性でなんとかするんだ』とか言いそうだけど……」

「そんな……ふふ、面白い方なんですね、お父さん。……あれ？　ルーナの胸……」

「な、なによ、小さいって言いたいの……？　そりゃフレーレに比べたら全然……」

自分で言って落ち込んだが、言いたいのはそこじゃなかったようだ。

「いえ、胸に傷があるなと思って……。結構大きい傷ですけど、聞いても大丈夫ですか？」

「これ？　子供の頃、大怪我したことがあるってお父さんが言ってたわね。小さかったから私は全然覚えてないんだけど」

言われてみれば確かに大きい傷な気がする。こういうものだと思ってるから、気にしてなかったけど。

「フレーレも背中の傷、消えないわよね」

「あはは、隻眼《せきがん》ベアの恨みが籠っているとか言われていますしね。体に異常はないし、大丈夫ですよ！」

冒険者って生傷が絶えないから仕方ないよねー、みたいな話をしながら部屋へと戻る。

だが、私のベッドは狼親子とチェイシャによって、かなり狭くなっていた……

◆
◇
◆

「いけーシルバ‼　ひっかきよ！」

「きゅーん‼」

アイアンアントがシルバのひっかきで絶命する。

「やった！」

〈流石《さすが》は男の子じゃのう。思い切りがいいわい〉

「きゅーん！」

私とチェイシャの周りをぐるぐる回り大喜びのシルバ。

なにをしているかというと、シルバとシロップの特訓である。

なぜこんなことになっているのか？

昨日の話なんだけど——

「んなぁに⁉　ダンジョンのボスを倒しただと⁉」

ひときわ大きい声で叫ぶハダスさんが受付でひっくり返りそうになる。ギルドマスターなのに、ファロスさんと違って受付によくいるよね、この人。

事件の翌日、私達はギルドへ報告に来ていた。戦利品の腕輪はともかく、ダンジョンのボスであるチェイシャを倒したことは報告する必要があったからだ。

「声が大きい!!　まあ奥にあったものは大したことなかったから、あまり気にしないでくれ」

レイドさんの目が酷く泳ぐ。この人は嘘が下手なのだ……

案の定ハダスさんがじーっとレイドさんを見て、レイドさんは冷や汗を流す。完璧な人などいない。そのいい例だった。

「……まあいい、それは俺の胸の内にしまっておこう。ボスが居ないなら稼ぎはしょぼくなるが、危険も減るからな……未だに帰ってこないパーティはもうダメだろうが」

「(そうなの？)」

〈(うむ、わらわが居なくなれば魔物の徘徊が著しく減る。守る物がなくなったからのう。部屋を守る魔物も三階まで行かないと良いアイテムやお金は落とさんじゃろうな。地下四階は……わらわも知らん未開の地じゃ)〉

チェイシャが封印される時は地下三階までしかなかったらしい。

元々チェイシャの居た部屋は地下三階からの魔法陣で行けるようになっていたらしい

が、目が覚めたら謎の祭壇からの魔法陣で行くように造り変えられていたそうだ。

「パーティと言えばモス達を見つけたが、手遅れだったよ」

「……そうかい、まあ死んだことがわかればそれでいい。あいつのパーティは誰も結婚していなかったから、訃報を届ける相手もいねぇからな」

ハダスさんは少し寂しそうな顔をして、でっぷりとしたお腹を振るわせていた。

「あんた達はまだ居るんだろ？　ついでに地下四階も調べておいてくれよ」

そう言われたものの、まだチェイシャとの戦闘の疲れも残っていたので、しばらくショッピングなどをして楽しんだ。

私とフレーレは嫌がるレイドさんを連れて、アクセサリーや服を見て回ったりした。フレーレは荷物になるからとフリルのワンピースを一着買っただけなんだけどね。

そして私は新しい靴と……ついに、レジナ達に腕輪を買ってあげました!!

ペットやテイムした獣魔用の品を扱うお店って少ないんだけど、いろいろと歩いてみたら〝ガンマの町〟に一軒だけ見つけたの！

そこで、飼い主が居るということを示す腕輪が売っていたのだ。

首はちょっと窮屈かな？　と思い、私が着けられた腕輪に似た感じのものがあったのでそれにした。一応迷子や、罠にかかった時のために「〝アルファの町〟ルーナ」と書いておいた。

「良かったですねー！　それでも悪い人は居ますけど、ないより全然いいですよ」

フレーレがチェイシャの腕にも着けながら、レジナ達を見て微笑む。

〈あ⁉　なに勝手に着けとるんじゃ⁉　わらわは迷子になどならんぞ！〉

「あ！　つい……」

多分確信犯であろうフレーレの顔は笑顔だった。怖い目にあったのに、フレーレはチェイシャがお気に入りのようだった。

「ふう……女の子の買い物はいつの時代もこうなんだな……」

「あれ？　妹さんもでした？」

「ああ……セイラも子供の頃は、俺を引っ張って服屋に二時間も付き合わせたもんだ」

懐かしそうに微笑むレイドさん。なんて声をかけようかな？　なんて思っていたら、シロップに足を引っ張られる。

「きゅーんきゅーん」

「どうしたの？」

「きゅん！」

外に出た私達は急に駆け出したおチビ達を追いかける。

到着したのは……ダンジョンの入り口だった。

「きゅん」

「きゅーん」

〈どうやらダンジョンで魔物と戦いたいみたいじゃぞ？　昨日わらわと戦った、母親のようになりたいと言っておるようじゃ〉

――というわけで、その時はもう昼も過ぎていたので今日ダンジョンへ潜ることにしたのだ。

「次はシロップね、リーチスラッグ辺りがいいんじゃないかしら？」

リーチスラッグはいわゆる〝大なめくじ〟だ。表面がぬるっとしているのでダメージは通りにくいが、足は遅いので初心者の練習にはもってこいである。

「きゅんきゅん♪」

早速通路で三匹のリーチスラッグを見つけたシロップが駆けていく。ゆっくりと後ろをレジナが追いかけていた。やっぱりお母さんは心配なようだ。

「でも、なんだって急に？」

レイドさんがシルバを撫でながらシルバに向かって聞いてみるが、当然「きゅん！」

としか返事は返ってこなかった。

〈昨日、後ろでずっと震えておったからのう。母親が果敢にわらわへ攻撃を仕掛けているのを見て、感動したようじゃ。ああいうのは強くなるからええぞー〉

私の頭の上であくびをしながらチェイシャが答える。ダンジョンの中だけど、なんとなく私達は日常に戻ってきた気がした。

そして二週間後。

「それじゃ、〝アルファの町〟へしゅっぱーつ♪」

「はい！」

「わふ」

「きゅん♪」

「きゅーん♪」

「じゃ、よろしく頼むよ」

レイドさんが御者さんに合図をして、馬車が走り出す。

なんだかんだでベルダーからもらった金貨百枚は大きく、最終的に金貨百五十枚稼いだので帰ることにした。

チェイシャも知らなかった地下四階は、だいたい百歩×百歩くらいの広さで、魔物はファイヤーフライや、スティンガーと呼ばれる大型のサソリなど昆虫系が多かったかな？

補助魔法をかけたレイドさんが居れば全然勝てるレベルなので、実入りは良かったけどね！

宝箱に爆弾の罠が仕掛けられていて、レイドさんの頭が爆発してもさっとした髪になったのは面白かったなあ。

「なにがおかしいんですか？　ルーナ？」

その時のことを思い出し笑いしているのを、フレーレに見られていた。

「いやあ、あの時のレイドさんがさ――」

◆　◇　◆

『――で、今回だけなんだけど、レイドさんとフレーレっていう人達とパーティを組んでダンジョンを攻略することができたの！

変な腕輪を着けられたり、喋る狐がついてきちゃったけど、なんとか元気に生きています！

あ、そうそう、ダンジョンでいっぱい稼ぐことができたから、今度家に帰るね。狼の親子も紹介したいし！

久しぶりに会うけど、ちゃんと病院に行ってるか確認するから覚悟しておいてね、お父さん？』


「手紙ですか？」

ゴトゴトと馬車に揺られながらフレーレが覗き込んでくる。

「うん、お父さんにね！　さて、私達も一休みしよっか！」

「ふふ、そうですね。この子達も気持ちよさそうですし」

私とフレーレは、狼やチェイシャの背中を枕にしてゆっくりと目を瞑《つむ》った。

次はどんな冒険が待っているのか、期待に胸を膨らませながら、私達は〝アルファの町〟へと戻るのだった。

書き下ろし番外編

フレーレの本気

「レジナ、右からお願い！　私が引き付けるわ」

「ガウウウ……！」

私の合図でレジナが岩を蹴り、マッドスネークの側面に回り込んでくれた。

「シャァァァ！」

だけどマッドスネークはレジナには構わず、目の前に居る私へと襲い掛かってくる。

「こっちよ！」

得意の補助魔法《ストレングスアップ》を、私とレジナの両方にかけてあるので不安はない。

マッドスネークがジグザグに動きながら迫ってくる。だけど私はそのまま正面から斬りかかった。

腕力を上げた一撃で牙を叩くと、硬い金属音と共に牙にヒビが入り魔物がのけぞった。

そこへ側面からレジナが相手の目を爪で切り裂き、さらに暴れ出す。

「今だ！」

私は一歩踏み込み、頭をめがけて剣を振り下ろすと、すんなりその首を切断することができた。

「きゅきゅん！」

「きゅーん！」

動かなくなったマッドスネーク見ていると、子狼が隠れていた草むらから出てきて足元にすり寄ってきたので、抱き上げて頬ずりをしてあげる。

「よしよし、終わったわよ。あんた達のダイエットのために狩りをしに来たのに、こんなのと遭遇するとは思わなかったわ。レジナ、ありがとう」

「わおん！」

あの不思議なダンジョンから子狼達もやる気を出しているので、お散歩がてら簡単な依頼をする際、ジャイアントアントみたいなそれほど強くない魔物の相手をしてもらっているのだ。

いつもはフレーレが居てもっと安全なんだけど、今日は用事あるとかで私達だけ。

「それじゃ、帰ろうか！」

「わぉん」

私はマッドスネークを引きずりながら町へ帰還し、ギルドで素材換金をしているとレイドさんが声をかけてきた。

「やあ、ルーナちゃん。過激な散歩だったみたいだね」

「あ、レイドさん。そうなんですよ、おチビ達が食べられなくて良かったです」

「きゅん♪」

「はは、相変わらず人懐っこいなお前達は。フレーレちゃんは一緒じゃなかったんだ？」

レイドさんがシルバを抱っこして私に尋ねてきたので、今日は用事でいなかったことを告げる。

「聖堂の修理も進んでいたから、そっちの対応かな？」

「そういえば、そろそろ完成だって言ってましたね」

パーティメンバーのフレーレはダンジョンで得たお金を、お世話になっている聖堂と孤児院の建て直しに使うと宣言し、そのとおり工事が始まっていたのだ。

最初は神父様が受け取れないと拒否していたんだけど、屋根が崩れて子供が怪我をしそうになったのを切っ掛けに、フレーレが説得してことを進めていた。

私も話し合いの場には同席していたからその辺の事情は良く知っているし、フレーレは完成したらみんなでお祝いをすると張り切っていたことを思い出す。

そんなことを考えていると、レイドさんが背伸びをしながら口を開いた。

「さて、依頼も終わったし飯を食いに行くかな」

「はい、ルーナちゃん、報酬だ」

「ありがとうございます、イルズさん。山の宴に行くなら一緒に行きますか？」

「そうだね、ご一緒させてもらうかな。チビ達とも遊びたいし」

「きゅきゅーん」

「シロップもそれがいいみたいね！　それじゃ――」

と、ギルドを出ようとしたところで、誰かが入ってきた。

「すみません、ルーナは戻ってきましたか？」

「あれ、フレーレじゃない？　用事は？」

「あ、戻っていたんですね！　それにレイドさんのことも探そうと思っていたのでちょうど良かったです！」

「俺もかい？」

手を合わせて喜ぶフレーレの意図がわからず、レイドさんと顔を見合わせて首をかしげていると、私とレイドさんの手を引いて彼女が歩き出す。

「ちょ、ちょっと、どこ行くのよ」

「おっとと、またなイルズ」

レイドさんがイルズさんに挨拶をすると、イルズさんは笑いながら片手をあげて別の冒険者の相手を始めるのが見えた。

そのまま楽し気に歩いていくフレーレの後をついていき、やがて少し小高い場所にある聖堂へと到着する。

「じゃーん！　どうですか、ついに修繕が終わりました！」

「おおー、すごくキレイになってる！　真っ白な壁ね」

「あっちは孤児院かな？　大きくなってるみたいだね」

「はい、子供達も成長したり、増えたりもしますから大きめに建て直しをしました！」

そう言って得意気に胸を反らすフレーレには、その権利がある。稼いだお金を全部注ぎ込むというくらいだったたからだ。

私はお父さんに仕送りをしないといけないから、とても真似できない……というかレジナ達の餌代《えさ》も必要だしね。

「というわけで、完成記念のパーティをこれからやるので二人にも来てもらいたかったんです」

「え？　いいの？　子供達だけのほうがいいんじゃない？」

「いえいえ、お二人が居なかったらダンジョンに行くことも、お金を稼ぐこともできなかったですし、これはお礼も込めています！」

「お、押さなくても行くから！」

困惑するレイドさんが、フレーレに背中を押されて孤児院へ。

中へ入る前にレジナ達の足をきちんと拭いてからお邪魔させてもらうと、広くなった食堂で子供達とシスターが私達を拍手で迎えてくれた。

「わー！　ルーナねえちゃんだ！」

「わんわんも居るー！」

「いらっしゃいませ！　今日はごちそうを用意しましたよ！」

「おじさんだあれ？」

「お、おじ……はは……」

「きゅん♪」

「きゅんきゅん♪」

「わふ」

私達はあっという間に取り囲まれ、子狼達は大はしゃぎでぐるぐると足元を回っている。

「ははは、ルーナさん達が困っているでしょう？　さ、席に着いてパーティにしましょう」

「あ、神父様、こんにちは！　キレイになりましたね！」

「ええ、フレーレとあなた方のおかげです。後で聖堂も見ていってくださいね」

そんな調子で賑やかなパーティが始まった。ダンジョンでの話などには男の子が食いついてきたり、女の子は子狼に夢中だったりと楽しい時間を過ごす私達。

陽も暮れて外が暗くなってきた頃、私はふとあることを思い出す。

「あ、そういえば……」

「どうしたんですか？」

「えっと……って、レジナ？」

「グルゥゥ……」

ふとレジナを見ると、玄関のほうを見て唸り声をあげていた。なにか外に居るのかと思った瞬間、大きな物音が聞こえてきた。

「今のは……!?」

「聖堂のほうです！　皆さんはここに居てください！」

「行きましょう、レイドさん」

「ああ！」

神父様達を孤児院に残して私達が外へ出ると、聖堂の扉が壊されていることに気づく。

「あああああ!?　わたしのデザインした扉が……一体これは……」

フレーレが半泣きで叫ぶ中、聖堂の中から数人の声が聞こえてくる。

「げははは！　やっぱりキレイな建物ってのはいいな！」

「ああ、酒も美味くなるってもんだ。扉は立て付けが悪かったがな」

……どうやら酔っ払いのようで、無理矢理こじ開けたようね。できたばかりだと言うのに最悪だと思っていると――

「……ルーナ、補助魔法をください」

「え？」

「《ストレングスアップ》を、早く……！」

「う、うん！」

ちょっと怖い笑顔のフレーレに補助魔法をかけてあげると、どこから取り出したのかメイスを片手にフラフラとしている酔っ払いに突撃していった。

「うふふ、あなた達……そこを動かないでください！」

「な、なんだ？」

「お、かわいいねえちゃんだな、あんたも酒――」

「お仕置きです！」

言うが早いか、フレーレの一撃は酔っ払いの胸板へ吸い込まれるようにヒットし、その酔っ払いは奥にある祭壇に叩きつけられて……祭壇が壊れた。

「ちょっとフレーレ！」

「次は……あなたですね……？」

「ひ、ひい⁉」

「まずい本気の目だわ！　レイドさん、先に酔っ払いを取り押さえてください！」

「わ、わかった！」

レイドさんに酔っ払いをお願いし、その間に私はフレーレの前に立ちはだかる。

「ダメよフレーレ、暴れたら他の場所も壊れるわ！　ここはレイドさんに任せないと」

「ううう……お仕置き……」

「きゅん」

「きゅきゅん」

いつもとは違う剣幕だったせいか、子狼達が心配そうにフレーレの足にすり寄って鳴き始めると、彼女はメイスを床に置いて二匹を抱っこして泣きだした。

「せっかく建て直したのに酷いですよぉ……」

「まあまあ、壊したところはこの人達に弁償してもらいましょう。ね？」

レイドさんに捕まっている酔っ払いに笑いかけると、酔っ払いは私とフレーレ、そして気絶した男を見てから冷や汗を掻いてコクコクと頷いた。

酔っ払いはそのままギルドに連れていき、暴れたことに対する罰金と修繕費の話を終えて、私達は再び孤児院へと歩き出す。

「いやあ、すごかったわねフレーレ」

「あ、あはは……取り乱しちゃいました……すみません……」

「まあまあ、気持ちはわかるよ。それじゃ、早いところ帰ろうか」

——その後、パーティを仕切り直し、今度こそ最後まで楽しい時間を過ごすことができた。

こんな日ばかりじゃ困っちゃうけど、こういう日も悪くない。

明日はどんなことが起こるかな？

そんなことを考えながら、私は今日の出来事をお父さんに送る手紙に綴るのだった。

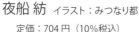

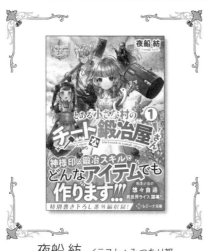

新感覚ファンタジー
RB レジーナ文庫

元王女、庶民目指して奔走中!?

レジーナブックス Regina

その日の空は蒼かった

龍槍 椀　イラスト：フルーツパンチ。

定価：704円（10%税込）

恋に溺れ、破滅の道を辿った王女エスカリーナ。処刑されたはずだったが、気が付けば幼少期の自分となっていた。再び同じ人生を生きるなら、もう恋なんてしない。そう決意した彼女は、貴族をやめて庶民を目指すことにしたけれど、生まれ持った有り余る魔力のせいで、そう簡単に事は運ばず……

詳しくは公式サイトにてご確認ください

https://www.regina-books.com/

携帯サイトはこちらから！

本書は、2019年10月当社より単行本として刊行されたものに書き下ろしを加えて文庫化したものです。


この作品に対する皆様のご意見・ご感想をお待ちしております。

おハガキ・お手紙は以下の宛先にお送りください。

【宛先】

〒150-6008 東京都渋谷区恵比寿4-20-3 恵比寿ガーデンプレイスタワー 8F
（株）アルファポリス　書籍感想係

メールフォームでのご意見・ご感想は右のＱＲコードから、
あるいは以下のワードで検索をかけてください。

アルファポリス　書籍の感想　検索

ご感想はこちらから

レジーナ文庫

パーティを追《お》い出《だ》されましたがむしろ好都合《こうつごう》です！ 1

八神《やがみ》 凪《なぎ》

2022年8月20日初版発行

文庫編集－斧木悠子・森順子
編集長－倉持真理
発行者－梶本雄介
発行所－株式会社アルファポリス
〒150-6008 東京都渋谷区恵比寿4-20-3 恵比寿ガーデンプレイスタワー8階
TEL 03-6277-1601（営業）　03-6277-1602（編集）
URL https://www.alphapolis.co.jp/
発売元－株式会社星雲社（共同出版社・流通責任出版社）
〒112-0005 東京都文京区水道1-3-30
TEL 03-3868-3275
装丁・本文イラスト－ネコメガネ
装丁デザイン－AFTERGLOW
（レーベルフォーマットデザイン－ansyyqdesign）
印刷－中央精版印刷株式会社

価格はカバーに表示されてあります。

落丁乱丁の場合はアルファポリスまでご連絡ください。

送料は小社負担でお取り替えします。


ISBN978-4-434-30732-4 C0193